你是我的一个故事

张躲躲 / 著

重庆出版集团 重庆出版社

图书在版编目（CIP）数据

你是我的一个故事/张躲躲著.—重庆：重庆出版社，2014.10
ISBN 978-7-229-08262-8

Ⅰ.①你… Ⅱ.①张… Ⅲ.①中篇小说—小说集—中国—当代 ②短篇小说—小说集—中国—当代 Ⅳ.①I247.7

中国版本图书馆 CIP 数据核字（2014）第 133363 号

你是我的一个故事
NI SHI WO DE YIGE GUSHI
张躲躲 著

出 版 人：罗小卫
责任编辑：袁　宁
策划编辑：高堰阳　俞凌娣
责任校对：杨　婧
装帧设计：忆美书装·郭　蝈

重庆出版集团
重庆出版社　出版
重庆长江二路 205 号　邮政编码：400016　http://www.cqpb.com
北京瀚海盈创文化发展有限公司制版
北京广益印刷有限公司印刷
重庆出版集团图书发行有限公司发行
E-MAIL:fxchu@cqph.com　邮购电话：023-68809452
重庆出版社天猫旗舰店
cqcbs.tmall.com
全国新华书店经销

开本：880mm×1230mm　1/32　印张：6.5　字数：162 千
2014 年 10 月第 1 版　2014 年 10 月第 1 版第 1 次印刷
ISBN 978-7-229-08262-8
定价：26.00 元

如有印装质量问题，请向本集团图书发行有限公司调换：023-68706683

版权所有　侵权必究

序
以为能够与你相逢，偏偏总是落空

总是期待着能够与你再相逢，以为简单的心愿，偏偏总是落空。偏偏书中的人遇到了。看故事就这点好啊，心里想的念的全都能轻而易举实现。

这是一群人的故事，有的让人觉得惋惜，有的看完让人大呼痛快。你所能想到、想不到的爱恋，这些故事里都占全了。

我们不难从这些与己无关的故事当中看到自己的故事，原因很简单，这些故事每天都在发生，这些人每个人的身边都会有。而这世上有多少种百转千回的爱恋，最终的结局要么厮守要么离分，厮守者得幸福，离分者却成为最有故事的人。

在人群中，我们藏起属于自己的故事，当这红尘里的看客，别人看的又何尝不是我们？

相信很大一部分人失恋后走不出来。是因为那个人太好或者是用情最深，以至于后来再遇到的人，都比不上他。再恋爱啊，甚至都想比照着他找一个来爱一场，好像这样才对得起恋爱对得起自己似的。以为这样就是深情，其实不是。这是对感情的不负责，对恋爱的不负责。在现实生活中，愿意一直等下去的人少之又少，多数人的心在等待的过程当中都苍老了。最后有了亦舒的话，我们爱的是一些人，最后在一起的，是另外一些人。好像是有些道理，然而却不是全对。

既然没忘记，既然还爱着，哪怕分开了，为什么不愿意让对方知道，非要最后到老死不相往来的地步。可是他的模样、他的电话、他的鞋码、他的所有的坏习惯，为什么在后来回想起来，都还清晰如昨？

还不是还在爱。

有人跟我说，想前任实在不是什么值得提的事儿。可是，想一个人有什么错吗？难道把一份原本有的想念强压在心底咬死不说就是彻底地忘记了？装什么坚强。

爱错了人固然不对，可是想一个人，总没什么错。

想念多美好啊，它带你在回忆里走一圈，那个人永远都温温柔柔地在那个老地方，等着你呢。

无论前任是好是渣，谁又敢说自己百分百完美？谁又不是别人的前任呢。有时候分开不代表什么，或许是缘分不够，或许是因为其他的外界的原因，只是因为当时的自己看不透，所以才造就分手这么一回事儿。谁又不是在分开的爱恋里学会成长，最后成为更好的人呢？那，这样的一本书，之于每一个人其实都是比较有意义的。书中的故事正是所有人的缩影。在爱里的猜忌怀疑、永远不求回报的付出、错误的爱人方式，等等等等。故事是别人的，道理是自己的，我们习惯从别人的口中、故事中学习太多，从小说当中学会爱也并没有什么不妥。只要不是让你去做坏的事，都不算丢人的事，也根本不是坏的事。更何况，是跟自己的幸福有关呢。就跟着这些人，在回忆里，再爱一会儿那个用情最深的人吧。

目录
CONTENTS

序
以为能够与你相逢，偏偏总是落空……………………001

还是公平的………………………………………………001
她会幸福的………………………………………………007
每个幸福的时刻都会想到你……………………………012
谢谢你给的温暖…………………………………………021
你可还记得我……………………………………………031
但是，心里要有爱………………………………………038
如果当初勇敢一点………………………………………046
我们在一起吧……………………………………………056
我想和你好好的…………………………………………073
其实我记得………………………………………………084

目录
CONTENTS

花好月圆 103

当我们一起走过 115

请你一定要幸福 127

曾经爱过你 137

没有目的地爱了 155

最初的地方 163

城里的月光 173

且行且珍惜 185

后记
青春荒唐，我不负你 198

还是公平的

很多闺密已经结婚生子，有的人儿子都能打酱油了。看着一个个曾经的小疯婆子都踏踏实实相夫教子，不能不感慨光阴似箭。然后我就心血来潮很想写写大家的故事，算是给青春一个交代。

这个想法是从 A 君开始的。前些日子在 Q 上闲扯，A 给我看闺女的周岁照片，粉粉嫩嫩的小女孩儿被摄影师抓拍到了各种角度，整套照片都跟小童星的写真似的，要多好看就多好看。A 君脸上挂着慈母的良善笑容，我很难把眼前的她跟从前那个只看小语种电影的叛逆女青年联系起来。

后来，照片看完了，A 君把孩子哄睡了，转头问我："你还记得那个谁吗？"

我心有灵犀："哦？那个谁？他怎么样了？"

她说:"离了。"指的是她的前男友。

最后闺密跟我说:"记着,你欠我一个小说,你说过要把我的故事写成小说的。"我很认真地同意了。

有人说,前任真的是越怀念越觉得好,有人说前任真的是一辈子再不想遇到。我倒觉得他们的存在最好的作用就是祭奠我们终将逝去的青春。所以,我写了,你随意。

就从刚才说的这位闺密写起,姑且称她 A 君吧。

A 君毕业于名牌大学编导专业,和所有热衷文艺的女青年一样,在大好的年华迷恋一切懂得吹拉弹唱琴棋书画电影图书的文艺男青年。大二的时候,A 君认识了属于她的那枚文艺男。其间的分分合合吵吵闹闹实在不值得一提,这是这对"小众"情侣最大众的一面。

到了大四,文艺男忽然一改往日放任不羁的做派,让人很惊讶地进了一大型国企,而且是个挺肥硕的部门,他顿时有种鱼跃龙门的感觉。A 君觉得男友能够在众多竞争者中脱颖而出,总不算坏事,当然全力支持。可是,改头换面的文艺男提出:"我们分手吧。"A 君吃了一惊,倒也爽快,连句为什么都不问,拿起桌子上的杯子泼了他一身咖啡。他一脸狼狈,心念,情债两清了,谁都不欠谁的。

可是,要是真能不欠就好了。

一年之后,A 君在某大型广告公司任职,接到了文艺男的电话,说借钱。

A 君在自己公司宽敞明亮的会客区接见了他，很不给面子地问："抱铁饭碗的人也要跟我借钱，是在逗我玩儿呢吧？"

文艺男笑说："我辞职了。"

仔细一问，原来文艺男犯了相当低级的错，而且被上司发现了，然后他就毫无悬念地被扫地出门了。

A 君一万句狠话心间绕，真心不想借钱给他啊。无奈她心太软，而且有些时候 A 君回忆起当年泼他那一身咖啡，一时心软，就借给他了。

A 君问他："你现在干吗呢？"

文艺男说："准备考研。"

准备考研的日子里，文艺男找过 A 君两次，都是借钱。第三次去的时候，不是借，而是还。借出去的钱还能还回来，A 君觉得不可思议，所以一路刨根问底。终于打听清楚，文艺男在前两次来 A 君公司的过程中，认识了 A 君的一个女同事，姑且称之为小优君。

小优君中学读的女子高中，大学在英格兰读，最喜欢白白净净戴黑框眼镜有高耸鼻梁以及穿白衬衣仔裤球鞋的文艺气质男生——也就是 A 君前任那种。小优的爸爸长期在英国做生意，妈妈是小有名气的艺术家，家底很丰厚。文艺男真的心动了呢。

文艺男和小优的进展速度是什么呢，第一天认识，第二天约会，第三天商量结婚。这是小优亲口告诉 A 君的。她很大方地跟 A 君说："那天看到他来公司找你，很干净很清新的样子，就喜欢上了。"A 君听得一身鸡皮疙瘩，嘴贱地问了一句："你没打听他现在在干吗？"小优说："他是北大的研究生啊，他还带我去北大校园玩了一圈呢。"

A君这个纠结啊，这姑娘是真二啊还是假二啊，还是真假不辨啊。他说他是北大研究生你就信？他带你逛一趟北大就是北大研究生了？你见过他学生证吗，进过他宿舍吗，见过他同学导师吗？A君决定把这个弥天大谎戳破。可是文艺男给她打电话说："求求你，千万别说穿。"

A君要笑抽了："难道我不说穿，你就能瞒天过海吗？你去哪里偷一个北大的文凭？"

文艺男说："等我们的感情再稳固些，关系确定下来，等她爸妈点头，我再说实话。"

一向直爽的A君简直要怀疑自己的智商了：难道这样的事真的能瞒过家长？那姑娘被爱情冲昏了头脑，难道家长也跟着糊涂？

思前想后，A君决定说实话，不管小优爱听不爱听。A君的实话果然招来了小优的反感。小优面对文艺男的前女友，很高傲地说："我爱他，其他的都好办。"

A君看着一条道跑到黑的小优君，只好由衷祝福："姑娘，我只能说爹妈给了你好家底和好相貌，实在是可惜了！"

后来，小优的父母识破了文艺男的骗子身份。

后来，小优极力为文艺男做辩护。

后来，父母拗不过小优，只得让她嫁了。

时间过得飞快。字幕闪过,四年过去了。在这四年里,A君不断换工作,还找了个稳定的男友,结了婚,生了娃,从叛逆女子变成温良恭俭的潮妈,没再跟文艺男联系。

要说我这闺密,其实是个特别愣头愣脑的二虎妞,文艺片虽然看了不少,但是说话做事从来不婉约朦胧,可能从最初她泼前任咖啡那会儿你就看出来了。但是经历过那次感情事故之后,A君完成了一次异常华丽的蜕变。因为工作都各忙各的,我们其实平时不经常闲聊,有些事总是事后才知道。比如说,她生孩子的时候老公正在外地出差,她一个人在产房挣扎了近四十个小时,经受了无比巨大的痛苦才把孩子生下来,然后又自己带,非常辛苦,怀孕胖起来的几十斤迅速瘦下去,又变成了从前的竹竿人。每次听到人夸她坚强,A君都只是呵呵一笑。个中滋味只有她自己体味。

到A君女儿周岁的时候,前男友文艺男出现了。他说:"我离婚了。"

文艺男说:"她那个冷淡!她爸一点儿都不信任我,不教我做生意!她的家人都瞧不起我,连过来串门的都不尊重我,都认为我是小白脸吃闲饭的!"

文艺男还想说,A君挥挥手说:"打住。你俩那点事儿我不想知道,跟我有关系么?她爸不教你做生意你自己不会学吗?你倒说说这几年你除了花人家的钱学会什么了?她家人瞧不起你,有本事你自己争脸做出点儿业绩来啊,有手有脚的你不可以考北大研究生吗?"

A君跟我讲完之后,长长地舒了一口气。她说:"当时小优跟他结婚,我真是不服气。倒不是我妒忌前任找了个有钱的老婆,我是不服气,凭什么靠几句甜言蜜语就可以获得美好的爱情和似锦前程。现在我总算明白了,这世界还是公平的。"

她会幸福的

女朋友 B 君,如假包换的女博士,曾在美国留学镀金,回国之后在某高校任职,算得上才貌双全、德艺双馨。一心想嫁,未果。前任男友是个香喷喷的花样男。最初见面的时候我就毒舌说:"这家伙你确定自己留得住吗?"她说:"不确定。"停了停,她说,"处处试试。"

花样男温柔体贴,对 B 君照顾得非常周到。她去上课,他就在家等她;她下课,他就去教室门口接她。引得无数女学生明里暗里羡慕:"哟,那个师太的男朋友好贴心呢。"B 君无视各种闲言碎语,心安理得地沉醉在她的幸福里。

可是正常人很快就会发现一个问题:花样男怎么那么多时间伺候 B 师太呢?对呀,他是做什么的呢?用他自己的话说:"我要做大事业,我要做生意。"

从说出"做生意"的志向那天起,我和其他几个人已经看出花样男吃软饭的决心了,并且直言不讳地提醒B君:"这小子吃定你了,你注意点儿。"B君不傻,要是傻的话读不完博士考不过托福,但是她乐于装傻。她说:"我知道,但是我愿意试一试。"这话说得够狠,大家不好再劝,只能替她祈祷。

B君在大学任教,有基本工资,有课时费,有各种补助,福利待遇还算好。她住的是学校的福利房,一点点房租可以住得很好。B君的存款基本上都给花样男拿着,他负责日常花销,然后再去"做生意"。我们谁都不清楚他到底做的什么生意,甚至连B君自己也说不清。B君似乎越来越不想知道,只要他在身边就好。

但是整笔的存款很快就花光了,花样男开始眼巴巴等着B君发工资。工资花掉的速度越来越快,终于到了刚月初就盼月末的节奏。这时候,花样男跟B君说:"我得回老家一趟。"B君等着他说"跟我一起去吧",但是,他没说。

花样男回去的时候,B君把身上所有的现金和几张银行卡都给了他,她说她在学校吃饭有饭卡,坐车有公交卡,基本不用钱。花样男就真的走了,带着所有钱。有那么几天,B君洗面奶没有了,凑合着用沐浴露洗脸。她给花样男打电话问:"你什么时候回来?"她隐隐听到那边有女人说笑的声音。她问是谁。花样男支支吾吾说:"谁也没有啊。我过几天就回去。"

花样男回来的时候,B君已经领了工资,给自己买了洗面奶,还给他买了礼物。他的解释是:"合伙做生意的。"做什么生意呢?这不是B君问的,而是我后来问B君的,B君答:"不知道。"

事实是在后面的一次争吵中弄清的,花样男回家相亲去了,而且相亲对象比 B 君更可爱。唯一的缺点是,她嫌弃花样男不够有钱。因为被挑剔了,所以花样男才回到 B 君的身边。他说:"我是有良心的。"

日子就继续过。

那年春节,B 君终于被花样男带回了老家见父母。花样男的妈妈嫌弃 B 君年纪比自己儿子大两岁,嫌弃她没有存款,嫌弃她是单亲家庭养大的孩子,担心她心理有病。

"她才有病!"这是我听到转述之后的第一反应,"你没存款,不都是她儿子花光的吗?单亲家庭怎么了,谁说的单亲家庭的孩子就一定有心理疾病?"

B 君说:"她最嫌弃我的单眼皮。"

不甘心被单眼皮阻挡桃花运的 B 君见了准婆婆之后就去割了双眼皮,不大的一张巴掌脸上好像就只剩下一双大眼了。我说:"你何必呢,你不是一直我行我素不在乎他人眼光吗?"她第一次用了无力的口气说:"可那是他妈呀。"

为了迎合他妈的需要、满足他妈的喜好,B 君把好看的一双丹凤眼弄成了大双眼皮。后来消了肿,看熟悉了,也不觉得难看,但是大家都觉得 B 君不是原来的 B 君了。这句话不是搞笑,是事实,因为我们一直觉得做任何一件事的理由都应该建立在最牢固的基础上——三个字"我愿意"。以前 B 君从来没有觉得自己的丹凤眼有什么不好,也没有动过整容的念头,见了一次准婆婆之后就在眼皮上动了刀子，可见她决心多大。

那年春节之后，花样男频繁地往来于老家和B君的城市。路费都是B君出，多半都是机票。她教更多的课，业余时间还帮其他老教师写书挣稿费，还去一些培训班代课挣钱。在我所有的朋友里，她真的算最勤奋、最能挣钱的，可是她仍旧一分钱没攒下。

不知道是花样男第几次回家之后，他坦白说，他妈妈给他介绍了女朋友，还不错。这话是在电话里说的。当时B君刚刚上完夜间的课程，顶着南方湿冷的空气往家走。花样男说："你挺恨我的吧？"

"不。"B君说。

"你恨我吧，那样我会好过些。"

"你能痛快点儿么？"

"那个……"花样男很不好意思地说，"你的钱，我以后会还给你的。其实我这回留在家里，主要是想做生意。我跟我妈要钱，她不给。你给我一个银行卡号，等我有了钱，加倍还你。"

B君就是在那个时候笑出来的："我几张卡你都拿过，现在问我要卡号？省省吧，我就是穷死也不要你的钱。我买个教训！"

挂了电话，B君突然就后悔了，打电话跟我说："我恨死我自己了，我装什么假清高啊，我真应该让他还钱啊！"

B君的故事就此完结。很多人替B君不值，各种惋惜络绎不绝。作为朋友，作为旁观者，虽然会说些恨铁不成钢的话，可我还是不忍心骂她。每个人身体里都会有爱和恐惧两个小人儿在打架,爱强一些的时候就会积极进取,即使面对的是人渣都会巴巴地掏心掏肺迎上去;恐惧强一些的时候就会知难而退,撒手不爱,不再把自己的一腔热忱送给狼心狗肺。每个人的承受力不一样,每个人的平衡点也不一样。有的人爱上五分就很累了,有的人爱上九分还能坚持。不到头谁也不知道结果怎样。我一直相信在错误的路上停下来就是对。她会幸福的。

每个幸福的时刻都会想到你

C君为人风趣幽默，交际圈子又广，身边从来不缺少英俊多金的男伴追求。事实上大多数都沦为朋友。

在一次饭局上，C君认识了吉普男。

那晚的饭局上多半是媒体的朋友，只有吉普男不是，他跟在座一个记者是战友，他们还合伙开了家火锅店，所以才有些不相称地出现在那个圈子里。之所以说他"不相称"，并不是因为他比别人差，恰恰相反，他与其他人比起来，太过玉树临风。很俗的一个词，可是C君只想到这一个。谁让她是不可救药的外貌协会呢。他个子很高，肩膀宽宽的，手臂粗壮，早年当兵时打下的身体底子完全没有走形，虽然是商人，却完全没有苦心钻营的市侩嘴脸，倒是凛然正气，威武不能屈。他话不多，但是会冷不丁冒出一句特别逗的，把一桌子男男女女乐得前仰后合，他自己只是微微一笑,然后深深吸一口烟,慢慢吐出烟雾,那烟雾后面就藏了一张带着沧桑的脸。C君轻而易举就醉了。

那晚的酒好,大家都喝了不少,纷纷说些肝胆相照两肋插刀的义气话,终于醉得东倒西歪。吉普男却清醒,他是山东人,打记事起就把白酒当水一样喝。一桌子男女喝得都分不清鼻子嘴巴了,只有吉普男和C君越喝越高兴越喝眼睛越亮,最后,C君凑到吉普男身边说:"带我走吧!"他们真的走了。

很多年后,C君都清晰地记得那个晚上。C君甚至没有问一句"我们去哪儿",吉普男也没有说话,只是把烟衔在嘴角,眯着眼睛,不时地往窗外弹一弹烟灰。C君永远记得他的侧脸,干净利落的平头,刚毅的线条,放任不羁的笑容,和隐隐的、不易察觉的悲伤。车窗摇到最低,夏夜的风是黏的,热的,却撩人。许巍的歌开得很大声,洒了一路。

他们去的是六环外的水库。

郊外的夜是舒适而静谧的,音乐关掉的瞬间,两人对望一眼,忽然有点儿不知所措。最后是C君扑哧一声笑出声来。

后来他们一起爬到车顶,就着啤酒看满天亮闪闪的银河,聊些各自圈子里遇到的奇闻奇葩。她顾不上荒郊野岭的声音太突兀,笑得连啤酒罐子都拿不稳了。

笑着笑着,一抬头,就望见了头顶的星光。那满天的星光啊,成为C君一生都抹不去的闪亮回忆,她终于知晓,为什么沈从文会写出那样的句子:"我走过很多的桥,看过很多地方的云,喝过无数坛美酒,却只爱上一个最好年纪的人。"

那个夏天，正是吉普男人生的最低谷。他离开部队后经营了一家科技公司，起初还颇有业绩，刚刚走上正轨却赶上经济危机，赔得一塌糊涂。偏偏在那样的时刻，他老婆卷走了所有的积蓄和他离婚。这件事彻底颠覆了他的爱情观。他费了好大的力气才调整心态，在老战友的帮助下筹措资金，开了火锅店，但是赢利状况亦不乐观。那次应酬之前，他们就商定了把火锅店盘出去，结束这次失败的投资。在水库边喝酒看星星的那个晚上，C君沉醉在一见钟情的欣喜中，而吉普男心里想的只有一件事：我除了这一打啤酒，一无所有。

一个年华大好的女人，真心爱上了一个处于人生低潮的男人，却只被定位在"红颜知己"，这样的错位算不算残忍的不幸？所有错爱都是不幸，但是身处其中的女人并不这样想。如果他需要一个女朋友，这正是她所期待的；如果他只需要一个酒友，她愿意醉笑陪君三万场。

爱着的人都是盲目的，C君就是这样的人。

三年时间里，吉普男重整旗鼓另开张，跟朋友合伙做生意，C君也凑热闹投了点钱，居然把一个小影视公司经营得有模有样。八个人的公司的庆功宴上，大家起哄让C君和吉普男喝个交杯酒，吉普男却说："你们不许乱起哄，C君是好姑娘，以后会嫁个好老公，过好日子，不能总跟着咱们玩儿。"

其他人都当笑话听，C君就在那一瞬间敏感了。她知道这叫婉拒，再傻的人也听得出里面的敷衍。但是她心存幻想，以为吉普男或许是在第一段婚姻中被伤得太重,再不相信女人,再不向往婚姻。

带着这一丝幻想,C君决定继续等他。

在一个春暖花开的日子,吉普男把一个普通得掉到人堆里都看不见的姑娘带到公司人面前说:"这是我女朋友。"

那一瞬间,几乎所有人都愣住了,但是没过几秒,气氛缓和过来,所有人都开始寒暄问好,嫂子长嫂子短地打招呼。C君不停地在笑啊不停地在说话,还拿起吉普男桌子上的葫芦学着孙悟空的样子对着那个女的喊:"我叫你一声嫂子你敢答应吗?"

吉普男说:"别淘气。"满脸都是宠溺的笑。

C君恨自己,怎么就那么爱他呢,他这么伤害她,竟然还是觉得他好。她为什么那么纵容他?这几年她是怎么过的?她手机二十四小时保持开机,几乎长在了她的手心里,就为等他一条短信、一个电话。有他一丁点儿消息,她就觉得人生美好,波澜壮阔得充满意义,她会快乐得如同得到骨头的小宠物狗,恨不得摇头摆尾蹦跳撒欢儿地向全世界宣布"他的心里是有我的"。

而现在,面对他那个普通得不能再普通的女朋友,她不得不承认,自己输了,彻头彻尾地输了。她最不愿意承认和面对的事实出现了。吉普男遇上了那个唤醒他第二次恋爱信心的人。她曾以为吉普男被一次失败的婚姻打击得太厉害,对爱情再也没有信心,于是她同情他,鼓励他,希望他振作起来重新开始新生活。可是现在她终于不得不承认,吉普男不是不想恋爱、结婚,只是不想与她恋爱、结婚。

　　她真的不甘心，自己输给那么平淡无奇的一个女人。聪明如C君，却逃不出这种小心眼儿的模式。她找人去查了那个女的。

　　一查才知道，这小女人看着温柔恬静连说话都没有大声，其实经验很丰富呢。道貌岸然的一个人，她凭什么受那一声嫂子？

　　她难过，这样一个女人竟然能够轻而易举获得吉普男的真心，而她纵使和盘托出送给他最灿烂的赤诚，于他反倒是一种太过满溢不堪负重的滥情。她难过，吉普男终于鼓足勇气想要开始第二段感情，她却要一手把他这份信心打碎掉。这算是世间最残忍的事情之一吧，看着自己心爱的人为他人心碎。

　　谈话开始前，C君看到吉普男的脸上闪烁着动人的光芒。那是一个沉醉的人在面对爱情时才有的光芒。他的一双狭长的眼睛越发明亮。眼睛的光芒和脸上的光芒呼应，所有人都能看得出，这个人恋爱了。要对这样的人讲他的恋爱对象是个两面三刀的蛇蝎，真的不亚于用酷刑。

　　C君尽量用了最平和的语气来讲述她查到的事，她的声音很轻，但对于陶醉在爱情中的吉普男来说，却是致命一击。他活了三十几年，从军、经商，经历过一次失败的婚姻，他以为自己已经经历了人生的起起落落，可以用淡定的心态看待任何变故，却没想到会被一个浮女子蒙蔽双眼。他竟然以为自己慧眼识珠、时来运转，发现了一块待他发掘的璞玉。谁能想到，看上去善良温柔的女孩子竟然有那么多混乱的过去？

C君用尽所有的好脾气，好言相劝："对不起，我知道真相肯定会伤到你，可是，我觉得，你早知道要比晚知道好一些。"

吉普男领了她的好意，却没能从震惊中恢复过来。羞辱交织着愤怒，他把这股恨意转移到了C君的身上，骂了一句："你是不是故意弄出这些事来，见不得我有一天好？"

C君不生气吗？当然生气，她从小到大只有冲别人发火的份儿，除了吉普男还没有谁让她这么牵肠挂肚招之即来挥之即去。这满腹的委屈，C君咽下了。她已经了解吉普男的性子，大男子主义，爆脾气，面子占第一位，这种跟头他真是栽不起。所以不管吉普男怎么误解她，她都不申辩，只是好言劝慰。但是吉普男不领情，很绝情地说了一句："公司里你的股份你撤走吧，应得的利息我一分不会少算你的。以后我们还是不见面的好。"

C君的脾气就有些管不住。她想不到吉普男竟然为了这件事要跟她绝交。她几年的痴缠换来的就是这样一个潦草的结局。正所谓爱之深责之切，吉普男竟然这样跟她翻了脸，难道他对她真的那么动情吗？那她C君这几年的付出又算什么呢？她铁了心想跟他在一起，鼓励他，陪伴他，跟他一起创业，他却因为爱另一个女人而把她的心戳个窟窿。他仗着她爱他，就可以肆意妄为。他这样滥用特权，就不怕激怒她吗？

C君没再给他好脾气，狠狠抽了吉普男一个嘴巴，骂了一句："你就是个浑蛋，活该被人耍！"

那一架吵得天翻地覆，几乎把几年来积攒的怨气都发泄了。

C君从来没有觉得心凉得那么彻底，那么绝望。

那次大吵之后，C君没再去吉普男的公司，不过也没有去撤股分钱什么的。我们一些知道内情的人都表示乐观，觉得这两个人已经闹了四年了，这样爆发一次也好，说不定过段时间冷静冷静，更进一步认识对方了，说不定就能在一起了呢。可以看得出年轻的时候人是多乐观啊。我还清楚地记得当时我跟另一个闺密偷着议论他俩，我那闺密的爸妈就属于吵闹几十年一路过来那种。我那闺密就说："等着瞧吧，这对冤家散不了，说不定就吵吵骂骂过一辈子。"怎么看都觉得这是天造地设的一对。

但是，我们想得太乐观了，他们一直没和好。

C君却说要去美国留学，加州，学什么工商管理。她说："说不定我开个加州旅馆就不回来了，你们可要记得我哟！"当然我们都知道，她学什么不重要，更不可能开什么旅馆，主要是散散心。

送机那天我们几个好朋友都去了，吉普男也去了。那天吉普男打扮得挺帅，嘴也挺甜，说些祝福的话，就好像从来没有吵过架没有说过那些狠话似的。C君看了他半天，当着自己父母的面，对吉普男说："你是真的瞎啊，这几年我一直在你身边帮你看路，你才没翻沟里去。现在我走了，你好自为之吧。"

吉普男知道她是刀子嘴豆腐心，就笑了，而且当着她父母的面儿，他表现得很大度似的，说："在那边照顾好自己，要是认识了帅哥，记着给我们发照片过来，给哥们儿瞧瞧。好好过，开开心心的。"

C君没笑，说了句："没有我，你不会幸福的。"

后来我们在网上聊天，我跟C君说："闹闹算了，玩够了早回来吧。"

C君却说："为什么你们都以为我在闹着玩呢，我是有底线的。"

我就笑得不行，说："好，你有底线，晾他一个月还是两个月？这么多年都过来了，笑也笑了哭也哭了酒也喝了，你们是天生一对，认命吧。"

C君却挺严肃地说："我真的累了。这几年我就是用你说的这些不断给自己催眠，幻想有一天他能幡然醒悟，跟我在一起才是最幸福的，可是我不能再骗自己了。"

我问："你真的放下了？"

她很坚决地说："对，放下了。"

放下之后的C君很快就开始了新生活，环境是新的，朋友圈子是新的，她又是爱玩爱闹的性格，很快就有了男朋友，是个门当户对的男人，长相到家境到性格都跟C君很合拍。最初我们都以为C君是气吉普男的，但是有一次他们一起回京，聚会的时候发现这一对真的是无可挑剔，也就没有人自讨没趣提什么吉普男了。

倒是C君抽空问我，吉普男过得怎么样。我说他过得不错，生意运转不错，公司赢利比较乐观。C君就问他有女朋友了没有。我说，好像没有，有朋友介绍过，但是基本见光死。

然后我就很八卦地问了一句:"你是不是还放不下?"

她很无力地笑了笑,露出一点失落:"说实话,我现在真的很幸福,但是在每个幸福的时刻都会情不自禁地想,要是身边的人是他,该有多好。"

故事写到这里,有点儿写不下去。突然很想大哭。

我后来渐渐明白了C君对吉普男的感觉。她说那么多狠话,不过是因为那份刻骨铭心的爱而不得的绝望。有句话说:如果他想自由,让他自由;如果他回来,他就是你的;如果他不回来,他就不是。简简单单的一句话,让你放他走,来去自由。说着容易,要做到,太难了。

第二年,C君和男友订了婚。她是在北京办的订婚宴,除了两家家里人,我们几个好友也去了。清楚地记得当时她还说:"我值了,轰轰烈烈爱过,折腾过,还能嫁个如意郎君。"当时她笑得特别好看,我不知道那一刻她心里是否想到了吉普男。

一个月后,吉普男在一次车祸中死了。他的破切诺基跟一辆大悍马迎面相撞,悍马司机酒后驾驶,把吉普男送上了黄泉路。

半年后,C君和男友如期举行婚礼。婚礼上的她格外漂亮,新郎给她戴上婚戒的那一刻,她哭得特别伤心。我就想到了那次聚会时她说的话:"我现在真的很幸福,但是在每个幸福的时刻都会情不自禁地想,要是身边的人是他,该有多好。"

婚后C君和丈夫一直在美国,加州,开了一家旅馆,没再回来。每次问她,她都说她很幸福。

谢谢你给的温暖

认识 D 君那年，我读研究生一年级。那一年我们学校研究生倍儿多，宿舍楼都不够用了，我们就被学校见缝插针地塞进老楼里，院系什么的都是混着的，基本上是"先到先得"的节奏。楼是老楼，设施是老设施，而且还是拥挤的四人间，条件连本科生都不如，特别令人崩溃。跟我同寝室的另外三个人分属三个不同的研究所，我们四个凑一起文理兼备，理论与实践齐全。

啰唆这么多主要是想说，我认识 D 君真的特别巧，要不是那么乱，估计以我的性格，一辈子都不会主动跟那么渴望高飞的人成为朋友。

那年我爱上了长跑，每天早上五点半起床去操场上跑个五千米，风雨无阻，于是认识了一票早起来晨练的老头老太，以及 D 君。这么自觉又自虐地锻炼的年轻人实在是少数，所以跑了几天之后我和 D 君都彼此留意了,但是并没有打过招呼。我属于那种慢悠悠跑跑的过程中爱跟抖空竹的老头儿搭个腔或者跟打太极拳的老太比画两下的主儿,但是 D 君只是跑,她那种感觉,就像一个精密的仪器零件,一丝不苟,一心一意,一丝不乱,真的特别专注。仿佛全世界所有人都不在她眼里,只要她在跑,她就可以通向一个更广阔的空间,把一切丢在身后。她跑完之后会多走一圈当成放松运动,而我跑完基本就已经放松了,所以我们往往是差不多的时间离开体育场走向食堂,所以我们会在体育场门口相遇,彼此多看几眼,知道有这么个人。

后来有一天,我室友说她同学来我们寝室玩,我抬头一看,哟,正是长跑 D 君。她看到我的时候也愣了一下,随后给了我一个很好看的笑容。可能是因为早上跑步的时候都是蓬头垢面衣冠不整,所以我没觉得她好看,但是那天她来串门的时候散开了齐肩发,穿了条天青色的连衣裙,还很淑女地抱着两本书,就是校园故事里那种很清纯的女主形象。再加上湘妹子超白嫩的皮肤,她在我们简陋的寝室里显得熠熠生辉,好看得不可思议。

D 君所在的是我们学校特别牛的一个搞理论的研究所,跟的导师也很有名,看得出来硕博连读是板上钉钉的事。不过她的志向并不在此。如果早上没课,她特别早就去图书馆上自习,一坐可以坐一整天。求学期间,D 君一直坚持着早起、跑步、上课、自习、家教打工、晚自习的模式。那会儿我们有硬性规定,一定要在本专业的学术期刊上发表两篇文章才能拿到毕业证,D 君不但凭着过硬的文章内容发表了,还拿到了稿费,更是跟着导师在核心期刊上发表过。

说到这里,D君的男友要出场了。结合他本人的特质和故事,我叫他留守男好了。

最初听到留守男与D君的故事,我羡慕得不行,高中同学啊,多纯洁啊。大学一起四年啊,多长情啊。D君大学毕业后考研离开了,留守男一路追着考过来,多浪漫啊。

后来熟悉了才知道,每段传奇的背后都有眼泪。

D君来自湖南的一个小乡村,家境应该说很差,下面还有一个弟弟。在她爸爸妈妈看来,女娃子读个高中或者中专,在镇上找份工作,早早贴补家用,供弟弟读书才是正经。但是D君不甘心。她必须飞出去,看看这个世界,寻找更好的生活。女孩子的心里一旦种下这样的种子,就很难再扎实地植根在某片土地上了。

其实D君的故事很不好讲,因为很多细节并不是由她来讲述,而是通过她的男友和其他朋友转述来的。

上大学之前的D君就像很多苦情戏里的女主一样(或者说像灰姑娘一样),一边被亲爹亲妈亲弟弟指使着干这干那,一边咬牙读书。留守男从初中开始就是D君的同学,对她的家境一清二楚。一个眉目清秀的女孩子原本就容易引起少年的注意,一个楚楚可怜又不卑不亢的女孩子就更容易得到爱神的垂怜。默默地注视关怀了三年之后,到了高中,留守男终于鼓足勇气给她写了一封信说："我喜欢你,做我的女朋友吧,我会一直保护你,对你好。"还送了她一条在当时来说很贵的羊绒围巾。

湖南的冬天很冷啊,是那种很潮湿、很刺骨的冷。在那样的天气里收到这样温暖的信和围巾,D君不是不感动。她不动声色地收下了信和围巾,什么都没说。过了几天,她给了留守男一个大包,里面装着那封信、那条围巾,还有一条她亲手买的毛线织成的围巾,和她的回信。她说:"谢谢你,我不会留在这里的,你不会明白的。"

D君的成绩一直很好,高考目标就瞄准北大。可惜天不遂人愿,考试前她大病了一场,临场发挥失常,只考上了省内的一所重点大学。对此D君的父母当然是非常高兴,虽然家里少了一个劳动力,但是毕竟姑娘的前途不成问题了,上了大学可以找到更好的工作。D君却一星半点都高兴不起来。

她无处发泄,只好把这股火气撒向了伴随在她身边的留守男。她把留守男叫到空荡荡的学校操场上,一边打他一边大哭,口口声声说:"你烦不烦,为什么总缠着我?要不是你烦我,我可以考得更好!"

后来的留守男回忆,那一天是他有生以来最幸福的一天,因为她打他骂他,是没有把他当成外人。他很害怕她每天都皱紧眉头一副拼命的样子。他觉得女孩子就应该甜蜜蜜的,笑嘻嘻的,哪怕是大哭大闹,也比她永远冷若冰霜要好很多。所以,当她冲他大发脾气的时候,他激动无比,更加坚定地认为,这个姑娘值得他一直守候。他愿意一直给她当保护伞。

大学四年，D君一直保持着高中时冲锋陷阵的学霸式学习状态，每天很早起床、跑步、上课、上自习、写论文、做家教挣钱、晚自习。那会儿她还申请了助学贷款，大学四年上下来可以说没有花费家里一分钱，而且最后还争取到了保送研究生的资格。

跟她一起过去的留守男那会儿还没留守，而是保持着追求的态势，小心翼翼左左右右地陪伴她，爱护她，尽可能给她很好的照顾。他们在不同学校的不同院系，课程安排不一样，但是留守男想尽办法多陪D君一会儿。中午抢着帮她去食堂买饭，周六周日的早上帮她去图书馆占座位——当然了，D君很多时候都比他起得早，他的一腔热情多半时候都打了水漂，但是他从没放弃，哪怕是去了图书馆之后发现D君已经有位置了，他也想办法找一个离她最近的位置，默默看书写东西。

如果图书馆阅览室窗外那些梧桐树有记忆，一定会记得那几年，阳光很好的早上，一个男孩子默默在女孩的桌上放一杯酸奶，然后开始看书。

或者某个突然下雨的下午，女孩忘记带伞，男孩淋着雨一路跑回寝室取伞，然后喘着粗气飞奔回图书馆，把伞默默放到她身边。

或者某个秋冬之交的午后，天气开始转凉，女孩趴在桌子上睡着了，男孩默默帮她披一件外套，偷偷看一下她弯弯的眼睫毛，然后继续挪到一旁去看书。

D君的魅力一部分来自天生丽质，还有一部分来自神秘。当然她不是什么气场女王或者魅力猫女，她只是从心底往外地与人保持着疏离的姿态，不怎么交朋友，更不会主动跟人套近乎。她不翘课，所以不用让同学帮忙喊"到"或者递假条；她不请假，所以不用向同学借笔记；她爱动脑勤用功，上课永远坐在第一排老师鼻子底下，所有老师都把她当作宝贝，所以她甚至不用去刻意讨好老师，老师都会对她印象深刻，并且给她很高分数。这样的一个女孩，骨子里是自卑夹杂着清高的一种复杂特质，表现出来的却是一种令人越发欲罢不能的吸引力。虽然留守男总是前前后后地守着D君，但很多时候还是守不住的。就在留守男守不住的那些时刻，有人见缝插针地向D君示好。那是一个英俊多金的男生。

　　因为D君从来不屑聊那些烟火气特别重的话题，所以我们都无从知晓那个男生究竟采取了怎样猛烈的攻势追求D君。留守男倒是笑呵呵地跟我们讲，他当时真的特别害怕，他想象不出十几岁的女孩子是怎样拒绝那些浪漫诱惑的。我的室友因为和D君是大学同学，算是关系比较近的人，跟我们讲过，什么送花送首饰送裙子那些招式都用过，在楼下大声弹吉他唱歌也用过。甚至男生在她宿舍楼下用无数支蜡烛点燃一颗"心"的时候，D君眼睛都没眨一下。

　　后来男生听人说D君和留守男是青梅竹马的一对，以为D君是放不下留守男，他还真的去找留守男单挑。这个男生最让人讨厌的一点就是以为钱能摆平一切,所以当他看到相貌平平资质平平的留守男的时候,趾高气扬地笑了。

小个子的留守男一个人对付人高马大的男生以及他的几个小跟班,一次次被按倒在地,又一次次爬起来往上冲。后来学院给了留守男一个警告处分。因为这个处分,留守男毕业的时候四年学习成绩第一却没能得到保送研究生的资格。

D君得知留守男被打,第一时间跑出图书馆去找他们。他们刚刚从学校保卫处被放出来,正有很多人在门口围观。D君冲上前去,第一次在人前流露出不平静的神态,扬起胳膊给了男生一个嘴巴,喊了一句:"有钱了不起啊?除了你爹妈,没人会惯你的臭毛病。"然后牵起留守男的手,紧紧抓着,大步走向校医院。

很多年后,留守男一直清楚记得,那天在校医院,医生为他擦脸上头上的血迹,D君就冷冷地在一旁看着,一言不发。但是她的牙齿把嘴唇咬得都发白了,眼睛里明明有泪光。

磕磕绊绊,就这样走过了大学时光。D君如愿以偿进入了本专业最好的研究所,留守男虽然没有那么厉害,但也算是进了一所名校读研究生。除了城市和学校变化,两个人之间的关系好像没有变化。

哦,不对,应该说,更好了。

吃饭的时候,留守男会很自觉地吃掉D君不喜欢吃的蛋黄,而D君会默不作声地帮留守男添饭盛汤。研一那会儿课程不多,而且大家都对研究生的生活充满新鲜感,连一贯安静的D君也多了很多社交活动，跟着我们这帮疯子瞎折腾，但是折腾了没几个月她又恢复了循规蹈矩的生活，上课、自习、兼职什么的。

那时候留守男在另外一个专科学校当代课老师，待遇远远比当家教好得多，听起来也正规得多。重要的是，他研究生毕业之后留下来工作的希望就很大。他也跟D君商量了这件事，但是D君的脸很快就白了冷了。还是那句话："我不会留在这里的，你不会明白的。"

电影里说有一种鸟是不会落地的，注定要一辈子飞，唯一的一次落地便是死亡。或许D君就是这种鸟，她必须往前走，她停不下来。

研三那年我们基本都是各忙各的，找工作的出国的考博士的，很少有机会一起打牌逛街了。而且因为研二我们就重新分配了寝室，原先的室友全部被冲散了，都回归了各自的院系研究所，所以联系就更少了。我早上也不再去跑步，学会了各种赖床各种宅，几乎没了D君的消息。有时候Q上看到前室友，问一句那个谁怎么样了，她说："忙呗。"

快毕业的时候有了D君的正式消息，她去了社科院读博士，而且即将奔赴德国。她读博士、出国，我们都不奇怪，我们只想知道留守男会怎么样。要是美国，留守男拼命考个托福也还成。可是德国怎么搞定？D君这种强大的学霸型选手在两年内把德语学得顶呱呱，可是留守男没有那个天赋啊！

看《中国合伙人》的时候特别欢乐，但是其中有几个小细节把我看哭了，而且每次回味起来都特别想哭。第一个是孟小俊出国的时候，他冲着哥们儿是一个大大的笑脸，然后转身就搂着女友哭得像个傻瓜似的。第二个是孟小俊回国的时候，成东青帮他理发，说远行的人要先剪了头发才能回家，孟小俊低着头抹眼泪，头发里已经夹杂着白发。看到那儿的时候，我哭了，想到，这不就是D君和留守男的翻版吗？

留守男没有成东青那么励志，没有创造奇迹的潜力。D君一路奔跑，越飞越高，留守男拼上半条老命也追不上。他是再普通不过的一个人，没有过人天赋，没有远大梦想，只是想尽全力陪着自己喜欢的姑娘。可惜，那个他最想守护的人，正是最想远离他的人。

严格来说，D君算不上我的特别好的朋友，我们几乎没有谈过心，没有一起哭过，没有一起对抗过负能量。她一路小心翼翼地走来，早已经习惯在既定的跑道上大步向前。越是这样，我越好奇她的内心世界，她到底爱不爱留守男呢，有没有一点爱呢，应该是有的吧。比较起来，留守男跟我们的关系，比D君更近些。他人很随和，好欺负，脸上永远带着憨憨的傻笑，真的是个很好的人。

我们在欢呼声笑声哭声摔酒瓶声中迎来了毕业，各奔东西。D君去了德国，留守男回了老家一所高校做辅导员。就像电影里的成东青一样，他定期给D君打电话、寄东西、寄钱，还经常通过网络聊聊天。但是D君没有那么多时间聊天，她有好多事情要做，还要继续往高飞。

后来，D君嫁了一个德国人，好像是学科领域内小有名气的学者吧。

再后来，留守男也结婚了，娶了个同校的女老师，笑起来很温和的一个人。有一年他们一起来北京，我们几个老友还见了面，略微发胖的留守男看起来日子过得安稳而幸福，跟许多满足的中年男人一样。他们说已经计划要孩子了，在做各种准备工作。

后来酒过三巡，大家都有点儿晕了，我们借着酒力追问他跟D君还有没有联系。留守男是真的喝醉了，略微有些失态，晃晃悠悠站起身来对大家说："你们都觉得哥们儿我是冤大头吧，我不冤，我值了！哥们儿爱过！"因为他媳妇在场，我和另外一个女同学稍稍有些顾忌，就想拉他别说了。但是留守男酒劲儿上来了就管不住自己的嘴，大大咧咧地说："你们知道吗，她去了德国之后还给我寄回来一首诗呢。手写的。"一边说就一边大声朗诵，"一路踏空而来，风雨走过的路我经历得太多，昨晚抵达这看不见很久了的城市，你离开我才知道，我一直害怕的是温暖。"我们觉得留守男真的是醉了，清醒了那么多年，难得一醉，真好。诗是我后来在网上查的，我坚信，D君是爱着留守男的。可是她无法安放这份爱，就如同她无法安放自己的心。

前段时间听说D君离婚了，回国了。我就想到她常说的那句："我不会留在这里的。"她的下一站会是哪儿呢？她还会再爱上谁吗？答案好难猜。

你可还记得我

看到 E 君的第一感觉是"孙俪来我家了"。真的特别像。大眼睛，齐刘海，扎着两个小辫子，军大衣里面裹着绿军装。那天是我们两家人一起吃饭，她刚从沈阳回来就被她爸带着来了我家，衣服都没换。就像看见一个新的玩具娃娃似的，我对她充满好奇。听说她 13 岁就去文工团跳舞了，我暗想，要是我爹在我 13 岁的时候就把我送到千里之外，那他一定不是我亲爹。但是 E 君的爸爸对此很坦然，他说："她喜欢。"

E 君从会走路之后就爱跳舞，但是没去成舞蹈学院，而是去了部队的文工团。听说还拿过好多奖立过三等功，我就对她特崇拜，要知道我是一辈子没有表演过舞蹈类节目的人，小的时候跟着哥哥们跳霹雳舞差点儿被我爹揍成二级伤残，从那以后就舞海无边回头是岸了。

E 君像个甜美的大娃娃，我们很快就成了好朋友。那阵子她正在考虑转业，她爸爸的意见是让她先上个学，那时候我刚读研究生，她就对我盲目崇拜，觉得我是个模范值得效仿。她说，小十年的时间只知道跳舞，现在年纪大了跳不动了，特别害怕自己出了部队一无是处。我说："干吗非要转业呢？"她就特别紧张地忽闪大眼睛，一边提防她爸爸一边偷偷地对我说："就是因为我找了个男朋友，我爸才非让我转业的。"

原来是 E 君自己找了婆家，父亲大人不乐意了。E 君爱上的是自己的一个战友，一起跳舞的，名字里有爱国两字，姑且叫他爱国男吧。

E 君刚到沈阳的时候不过是 16 岁的小孩，虽然已经当了三年兵，但是因为离家实在太早，在最该被父母呵护的年纪里没有得到足够的呵护，心里就有一块特别脆弱的角落需要呵护。到了沈阳之后，虽说地方上有亲戚可以照顾一下，但是身边没有什么知冷知热的人，还是觉得很孤单。在她最孤单的时候，爱国男给予了她雪中送炭的温暖。

爱国男比 E 君大两岁，入伍时间比她短，但是像大哥哥一样照顾她。练功练累了，偷偷送包话梅；某个动作没做好，课余时间陪着练；明明胖了两斤托举的时候特别明显，他却睁眼说瞎话："没胖啊，一点儿都没胖，我还觉得抱你的时候更轻松了呢。"这样的照顾对于情窦初开的女孩子来说比什么玫瑰、巧克力的都有效，少女的爱情真的不需要太多征服技巧，一点点甜蜜都可以刻骨铭心。

　　E君给我看他们跳舞的录像。说实话我对专业跳舞的男生实在无感。当然了，作为艺术欣赏我还是爱看的，但是换作是男朋友的话总有一点儿别扭，看着男友的腰比自己的还柔软不舒服啊，但是看了爱国男的演出之后，我不得不叹服他真的挺帅的。印象最深的节目是一个表现抢险救灾时战士与洪水搏斗的，爱国男演的主角，因为救受困百姓不幸壮烈牺牲，最后他的尸体被众战友高高举过头顶，场面相当震撼。我第一次看，很感动。转脸一看E君，竟然满脸泪痕。她说："我就是看完他的这个节目之后彻底爱上他的，他跳得多好啊，情绪表现得多到位啊，我当时就哭了。"

　　听了她的话我就想，我把这孩子的爱情理解得太狭隘了。

　　无奈，E君和爱国男的恋爱遭到了以她爸爸为首的家人的强烈反对，没有别的，就是因为爱国男的经济条件太差了。他家又在一个特别偏远特别穷的地方，上面有一个已经出嫁的姐姐。当然我们不能把成功单纯地定义为有车有房有存款，但是父母都希望自己如花似玉的姑娘能够少吃些苦头。

　　那个春节过得可是真纠结，我才明白，E君的爸妈是想让我帮忙给E君洗脑，让她放弃那种无望的恋爱。唉，可惜他们找错了人。那时候我超级迷恋成功故事，因为我从小听着爷爷艰苦奋斗的故事长大，总觉得越能吃苦的男孩子越有出息。可能也是年纪小吧，对司马相如卓文君的故事格外迷恋，总觉得年轻人有了爱情就是拥有一切。更何况爱国男是那么爱 E 君,每天打电话发短信如影随形,有着好看侧脸的少年,口口声声说着永远。多好。

接下来的半年里,我听到最多的话就是 E 君跟我憧憬美好未来。她和爱国男商量好,他们一起退伍,不管家里人怎么限制,他们都要在一起,无论面对多少困难都要在一起。要是能够说动 E 君的爸爸,他们就一起到北京。要是 E 君的爸爸死活不同意,他们就留在沈阳,或者跑到完全陌生的环境去重新生活。那段日子 E 君的状态就是一个满心期待满面桃花一心只想着为爱走天涯的私奔状态,我相信那是一个女人最有勇气的时候。

退伍前,E 君带着爱国男回了一次家,就算是女婿上门拜见岳父。但是 E 君的爹丝毫没有给面子,直接就说:"你们这门婚事我不会同意的。"E 君的妈妈拉不下面子,但是也委婉地表示了不支持。那时候的爱国男还是信心满满的:"我一定会让她幸福的。"

回到沈阳,工作问题不用担心,E 君的姑姑最操心的是姑娘的婚事。虽然 E 君早就对外宣称自己有了男朋友,但是因为她漂亮,又经常登台演节目,追求她的人不在少数。

当 E 君的职场情场都顺畅得溜光水滑的时候,爱国男那里一切都变得混乱不堪。像电视剧里演的那样,E 君的姑姑背地里找了爱国男谈话,说的当然不外乎对男人来说前途更重要之类的。姑姑许诺,只要爱国男自动离开 E 君,她保证给他一份非常好的工作，无论是北京还是沈阳还是他老家，姑姑还特别建议让他回老家。爱国男当场回绝了："我只要她，其他什么都不要。虽然我现在很穷，但是以后她会跟我过好日子！"斩钉截铁，气吞山河。

E君留在了沈阳某银行。姑姑还帮她安排了相亲，但是E君都拒绝了。拒绝没关系，男方就到她工作的银行去看她，还真看上了。跳了十几年舞的E君换上银行的工作制服之后还是动人的。那个男的开始软磨硬泡死缠烂打，没事儿就去她银行的VIP客户服务区泡着，喝杯茶水，笑眯眯地跟E君东扯西拉。

在此同时，爱国男开始了漫漫求职路。

爱国男在一家商场当保安，包吃包住，每个月有个一千多块的工资。而E君拿着高他几倍的工资，隔三岔五收到追求者献上的看得懂看不懂牌子的各色礼物。E君倒是没什么，她觉得自由的生活才刚开始，每天照样给爱国男打电话发短信，憧憬美好生活，周末的时候还拉着他逛街。E君偷偷问过我："你们在大学里谈恋爱很美吧，花前月下的一定浪漫死了吧？可惜我从来没有那样的机会。"我只能安慰她说："我这辈子恐怕都没机会在舞台上被男朋友举起来转圈儿呢，如果他不想胳膊骨折腰肌劳损的话。"她就特开心。终于离二人世界更近了，E君恨不得把人生所有的浪漫一股劲儿都实现。

这世界上有些爱情是因为一方的放手而曲终人散，最无情的那一种便是没有自信，轻易投降。在舞台上扮演英雄的爱国男，真的遇到生活的风浪的时候，腰肢和脊梁真的是格外柔软。他挺不住了。特别是某一次E君拉着小伙伴儿逛街，不小心在商场看到穿着保安制服的他的时候,他真的希望自己在那一刻死掉。

E君还是那个E君,信誓旦旦地等着跟爱国男一起过好日子,但是爱国男自己先放弃了。他找了个大好的天儿,陪E君狠狠玩儿了一天,买了好多好吃的和新衣服给她,然后说出了分手的话。

E君当时就傻了:"为什么呀,我们不是说好了永远在一起吗?"

爱国男说:"怪我当时太天真,说出那么不知天高地厚的话,现在我觉得那很难。"

E君就疯了,说:"有什么难的,你不用给我买东西,我自己能挣钱,我们两个人的钱都存一起,很快就能过好日子。"

爱国男就说:"我配不上你,给不了你幸福生活。我知道有人一直在追求你,我看到过,也打听过,人还不错吧,你好好珍惜。"

E君完全就傻掉了,追问他:"你这不是为我好,你这是抛弃我。"E君只顾着哭,什么都说不出来,泪眼蒙眬中就看着爱国男离开了,离开的时候脚步停了停,好像要转身回来,可终究是没转身。

爱国男真的走得很干脆,他就像古龙笔下的刀客,一刀致命,不给对方挣扎的机会。

后来再有爱国男的消息,是好几年之后了。一个朋友出去见生意上的合作伙伴,回来说那个合作伙伴竟然是E君的那个跳舞的小男朋友,那家伙现在有钱了,有自己的企业,在地方上做得挺不错的，据说还是当地著名的钻石王老五呢。我就忍不住想，他过得挺不错之后，有没有想过 E 君呢？

也许他永远不会知道 E 君过的是怎样的日子，分手那天，她差点儿死掉，她被抛弃之后失魂落魄地在街上走，被一辆卡车撞得飞出去老远。命是保住了，但是膝盖落下了毛病，正常走路什么的倒是没问题，但是不能再跳舞了。

养病那段日子，E 君的追求者乘虚而入，赢得了她的人。E 君很快结了婚怀了孕，产后抑郁症严重，几次想跳楼，家里所有人都来劝慰她。

E 君终究是没有离婚，顶着阔太太的光环，一心一意只想着把女儿照顾好。在外人看来，她真是过得不错，大别墅住着、大奔开着、珠光宝气、身侧有保姆、身后有保镖，但是只有她自己知道，心脏麻木、生活没有爱是多么行尸走肉一样的生活。人前她和老公要演成幸福的一对，人后他们再没有拉手亲吻同房。她活下去的唯一动力就是女儿健康快乐地成长。

但是，心里要有爱

F君是在大学的文学社认识凤凰男的。文学社，聚集一帮热爱诗歌讴歌理想追求感情的青年。F君不是这样的青年，她是被我拉去的，却一不小心认识了在那里畅谈的凤凰男。当凤凰男分享他读书心得的时候，身上散发出来的文艺男青年的气场顿时遮盖了他的其貌不扬，女生眼中他还是蛮加分的。就连原本对文学没什么兴趣的F君也有了兴趣。

后来，活动多举办几次，F君就跟凤凰男熟悉了。F君开始不停地跟我念叨凤凰男的种种，说他如果好好打扮一下换身衣服的话会比现在看起来更帅，说他的志向高远。前者我倒是没觉得，后者我真感觉到了。大学第一年的下半学期，他就当上了学院宣传部的部长，大二的时候是学校学生会的副主席，等到大三的时候已经是学院学生会主席了。

凤凰男这一路的光彩都是在F君的陪伴下冉冉升起的。就像老话说的："男追女隔座山，女追男隔层纱。"F君对凤凰男的好感就像烧开了水的水蒸气一样挡不住地往外冒，自然凤凰男是感觉得到的。他知道这姑娘对他不错，所以就心安理得地接受了。

说到这里不妨说一下F君的小八卦。她是一个还算幸福的单亲家庭的孩子。爸妈早早离了婚，妈妈带着她做生意，吃了不少苦受了不少罪，到了她大学毕业那一年，母女俩的生活还算是奔小康的。物质上比较富裕的F君最大的心愿是见到爸爸，喊一声爸爸，她从记事之后就没喊过爸爸。

可爱的F君偷偷给我说过一个略显心酸的笑话："我对未来的老公没有什么太大要求，但是他一定要有爸爸，那样的话结婚之后我就有机会喊爸爸了，否则，我这辈子就没机会啦，我得多羡慕我儿子或者女儿啊！"

怀揣这样小小心愿的F君和凤凰男恋爱之后又来对我说："他家里穷，妈妈生病治不了，早早去世了，他是哥哥嫂子带大的，不过幸好他还有爸爸，哈哈，所以我真想早点儿嫁给他。"

看着她傻笑，我就莫名担心。

我不知道是不是所有女生都被男友批评过"公主病"，反正我是有过的，我的很多女朋友也有过，F君也有过。其实在我看来，F君是公主病最轻的一个，如果说例假来了喊肚子疼以及冬天因为太冷穿着羽绒服走路很慢也算公主病的话。可就是这样一点点"娇气"，也换来了凤凰男的不满。起初他还是耐着性子接受的，后来每次看到F君皱眉头他就开始凶："你怎么这么多毛病！哪个女人像你!"F君就不明白了:"哪个女人不像我?难道你初恋就不来例假?"

对的,初恋。

凤凰男,也是有初恋的。他在村里有个青梅竹马的小女友,两人一起好到了高中。但是凤凰男运气好,考上了重点大学,还申请到了助学贷款。小女友没有那样的运气,考上的学校是一般本科,学费还贵得要命。迫于经济压力,小女友选择放弃大学,一个人南下广东打工了。凤凰男并不避讳跟F君讲初恋女友的种种,说她能种地,能念书,能帮着带弟弟妹妹,还会做各种家务,尤其会做饭。F君虽然是跟着妈妈长大,但是妈妈把所有苦难都一个人扛下来,从来不让她做家务,她妈妈总说没能给她一个完整的家庭很对不起她,所以尽量给她最温暖舒适的生活。所以,F君不明白,凤凰男那个初恋是变形金刚还是钢铁侠还是什么。F君只是随口一说,凤凰男却怒火中烧,说:"她没你那么没用!"

是谁说的,伤害就像钉在墙上的钉子,扎了窟窿就再也堵不上,有些恋人的关系可能就是千疮百孔才于事无补的。现在回想,当年的F君和凤凰男很多次吵架都是因为那个钢筋铁骨的初恋。

在一起吃饭的时候,我把我这份打抱不平很直白地告诉了凤凰男。那时候F君和凤凰男过得特别节俭,为了省钱他们从来不大手大脚地动不动就吃烧烤吃火锅吃自助餐什么的。其实单就F君来说,一般的吃吃喝喝逛街买衣服什么的绝对不在话下,但是她把妈妈给她的生活费和零用钱都用在凤凰男身上了,给他买新衣服,给他理新发型,给他买书买电脑……

凤凰男对我的打抱不平自然是不屑一顾的,反倒对我说:"你别听她瞎说,她在家被宠坏了,稍微不满意就冲我发脾气。"我说女孩那点儿小脾气都差不多,只要哄哄就烟消云散。他就很不客气地说:"不惯她的臭毛病!"

后来我很不客气地对F君说:"我很不喜欢凤凰男的腔调,认识这几年了一直不喜欢。"F君就很纵容地笑着说:"可是你当年不是很喜欢口才好的男生吗?"我说我喜欢把口齿伶俐的本事用到对的地方的,用来收拾自己女朋友的我可不喜欢。无奈,我的抗议无效。虽然F君哭也哭了,闹也闹了,吵也吵了,但还是跟凤凰男磕磕绊绊地继续爱下去。

大四那年春节,凤凰男带F君回老家,颠簸的老式长途车险些把她的肠子颠出来,看到凤凰男家里的破院墙破平房时她还是高兴地笑了,偷偷给我发短信说:"我看见他爸爸啦!差一点儿喊出来!"F君不但见了凤凰男的爸爸,还见了他哥哥嫂子,以及他妈。他妈在村子的坟地里,坟头儿不大,F君还帮着他给他妈妈的坟添了土,然后认认真真跪在坟前磕了头。

后来F君跟我说:"当时好激动啊,好想哭啊,差一点儿喊妈!"

我说:"我保留意见,你妈就没意见吗?"

F君傻呵呵地说:"我妈说,不要看钱,要看人,人品是第一位的。"

我私下里想,你怎么就知道凤凰男人品好呢?

春节之后,凤凰男去参加一个大型企业的招聘考试,高分通过了笔试,拿到了面试资格。这对他来说已经很不得了了,他最初都没抱什么希望。F 君激动得不行,连说"我就知道你行的",然后飞奔去商场给他买西装衬衣皮鞋,希望他在面试的时候给考官一个良好的印象分。

那时候我们已经不是小孩了,看着飞蛾扑火一样的 F 君,我们开始拼命泼冷水:"这种事情就让他自己张罗去吧,你就别操心了。他自己也做家教做兼职挣钱,不至于连新衣服都买不起。"其实我们更想说,凤凰男应聘的单位太好,好得我们所有人都坚信他不可能被聘上。但是 F 君异常坚定地说:"无论结果怎样,都要尽到百分之百的努力!"

比起丝毫看不到希望的面试,我们更替他俩的爱情担忧,因为凤凰男那个初恋女友竟然奇迹般地到了北京,成为了某企业的白领丽人。

凤凰男的面试通过了,F 君兴奋得几乎在女生宿舍楼里高呼起来,我也吃了很大一惊,随口说了句:"真的假的!"直到很多天后,我才相信这是真的。

除了我们,分享这个好消息的当然还有凤凰男的那个初恋女友。初恋女友慷慨而大方地请凤凰男和 F 君吃了一顿饭,开门见山说:"F 君,谢谢你的照顾!"任何一个女生都会对这样的开场白竖起利刺吧,因为对方的敌意太过明显。什么叫谢谢呢,你以什么立场来谢呢,我照顾我男友天经地义,你来谢谢是什么意思?心直口快的F君当场就把这份质疑表达了出来。

那顿饭不欢而散,初恋女友始终都表现得仪态大方,可越是那样,F君就越觉得她虚伪而阴险。大吵了一架之后,凤凰男说:"咱们分开吧,我现在想一个人静一静。"

这句话代表什么,用脚趾头都能想得出。F君不同意,死也不同意,她说你要是因为那个女的跟我分手,我就去你那家单位闹!

事实上,F君那样管不住脾气当众失态是有原因的,因为她想结婚了。她觉得凤凰男的工作有着落了,他们可以在北京先租个小房子,结婚,生子,一切都顺理成章,可是初恋女友的出现让她那个可以预见的未来突然变得高深莫测起来。

后来他们还是没有在一起,而F君也没有去闹。入职后,凤凰男恬不知耻地发了短信问她最近怎么样,连电话都没打一个。F君回了条短信说:"没死。"

凤凰男没过多久就投奔初恋了,搬家前又给F君发了条短信说:"你的问题就在于太娇气,太任性,动不动就胡闹。我希望能找一个独立坚强的伴侣共创大业。她比你更适合我。"

我看完短信咆哮,她却安静了。

她说:"其实也早知道会落下这么个下场,但就是不甘心,总盼着有奇迹出现。这下好了,苦也受了,疼也受了,彻底死心了。"

然后就是匆忙又无奈的毕业,吃不完的散伙饭,喝不完的送行酒,迷迷糊糊就大家各奔东西。

F君删除了跟凤凰男的一切联系方式，有几个共同的朋友几乎都不联系了，回到老家的城市去，一边工作，一边疗伤，等待新的恋爱。

然后，就是五年。

F君的Q验证消息说："你知道我是谁吗？"

很多事情真的是有心电感应的，虽然在这五年里F君也有过或长或短的恋爱，多了几个不咸不淡的前任，但是那个给她留下最深痛感的人轻而易举就能唤起她的警觉。她点了同意添加好友。添加好友之后F君没说话，就等着他先说。

凤凰男吧啦吧啦说了好多："我就知道你不会换号码的，你好吗？""你现在怎么样？结婚了吗？""以前的事你还不能释怀吗？"说了半天，见F君不说话，他又絮絮叨叨说了半天。仗着自己有文采，凤凰男把自己这五年的经历说得好文艺好忧伤，什么在大城市的打拼没有自己想象的那么容易，什么职场的那一套鬼把戏他完全玩不来，什么工作越久越怀念大学里单纯的日子……F君一直没搭理他，看他能说出什么花来。凤凰男就接着说，他和初恋结婚了，她事业心很强，是女强人。他现在很不快乐，可没有办法，还得这样过下去。

看到这里，F君不知道怎么开口，然后，就把他拉黑了。

我觉得吧，这些的爱情写出来，祭奠一下那些为爱疯魔痴狂的青春也是好的。有些人说，爱情留不住，很受伤，不要也罢。

可是我总觉得爱情是心里面必须有的一种东西。你甚至可以暂时没有爱人，但是心里要有爱。

也有人说，爱情太疼了，忘了吧。我也觉得不妥。我们常常说爱情就是要刻骨铭心，刻骨，铭心，在骨头上刻字，在心上烙印，那多疼啊。正是因为有了这份疼，你的爱情才有重量，才会记一辈子。所以，希望所有看到这个故事的朋友都要相信，为爱付出的眼泪和疼痛都是值得的，这是我们存在过的证据。

如果当初勇敢一点

看过《等风来》，身边同事老唱那句"高高的山上有一个姑娘，哎呀妈呀哎呀妈呀真漂亮"，听到就想笑。一个帅气的男孩逗女孩开心唱这么一首歌，那场面该有多开心哟。我还真认识这么一个人，姑且叫他泡面男吧。他是 G 君的前任。

他们是在寒假回家的火车上认识的。那一年学生特别多，昆明开往北京西的列车还加了两节车厢专门拉学生，读大三的 G 君在上面，读大三的泡面男也在上面。他们的座位面对面，还有另外两个男生和另外两个女生。

"咱们正好可以凑成三对呢！"对他的好感就是从这玩笑开始的。

聊得很投机。

泡面男很帅，那种帅是剃了圆寸之后丝毫不受影响的帅，那是真正的帅，带着英气。

他的同学对G君说："他还没女朋友呢，你快把他收了吧！"

气氛很热烈，年轻人很热情，车厢里很热！

真的很热，那趟车是特快空调车，窗子都是密闭的，每一节车厢只有最边上和中间位置的一扇窗子可以拉开透气，中间那扇窗子恰好就在G君的旁边。后来大家热得不行，开始脱外套，另外两个男生都脱了外套挂在一旁的衣帽钩上，只有泡面男没有脱，只是稍微松开了脖子上的扣子。G君问他为什么不脱衣服，泡面男一脸严肃地说："因为我穿的是我爸给我的毛料衣服，万一弄脏了弄皱了我爸会揍我！"然后大家就很不给面子地哈哈大笑了。很久很久以后泡面男对G说："那天你笑得真好看啊，眼睛弯弯的，我就使劲地想办法逗你笑。"

泡面男和G君一起度过了愉快的四十几个小时。

到北京的时候，泡面男爸爸的车来接了，但是G君还得转车再坐几小时回自己的家。泡面男没忍住就说："要不我让司机送你吧！"

G君觉得这份好意实在重了她受不起，就非常礼貌地拒绝了。然后他们就互相留了联系方式：泡面男掏出的是在当时算十分高档的彩屏和弦手机，而G君掏出的是一个传呼机。

泡面男一手拎着泡面汤味犹存的毛料衣服，一手帮G君拎着包，一直等到她回家的车开始检票了，才恋恋不舍说了"再联系"。当然要再联系，傻傻的泡面男特别相信这是缘分要好好珍惜，而

G 君回了一次头看他，转回头的时候心里只有两个字：差距。

于是，有些故事从开始就注定错过。

泡面男度过了很甜蜜又很忧伤的一个寒假，甜蜜是因为有牵挂，想着远方的姑娘一颦一笑都格外美好；忧伤是因为那远方的姑娘他联系不上。他觉得自己真是蠢到家了，怎么光想着留下她的传呼号码呢，她要是收到传呼了却不方便给他回电话怎么办。要是当时留下她家的电话就好了，他就可以每天打给她，或者，每天早晚都打给她！泡面男百爪挠心地疯狂打传呼，却没有收到 G 君的回复电话，都要急疯了。就在他快绝望的时候，终于接到了回电，是在大年初一那天。

后来 G 君回忆，她纠结了很久很久才决定给他打个电话。她能看出泡面男的诚意，面对一个阳光帅气又热情的追求者，不动心是不可能的。可偏偏 G 君是一个特别理智的人。她怕嫁入富足家庭要受到各种提防，各种委屈，她不甘心受那种侮辱。可是她又觉得自己想太多了，才认识而已，干吗要想到结婚那一步呢，你凭什么就认定人家会娶你，自作多情了吧？可是可是，如果他不娶她，却又追求她，那是什么性质呢，玩她？如果真的谈了恋爱，新鲜劲儿过了，也就一拍两散了吧。G 君想来想去，不知道要如何应对这突然发生的情事。

每天几次的传呼声叫得她心烦意乱，直到大年初一的早上，她才说服自己：“就当是拜年吧，普通朋友之间的拜年，问候一下没什么的。"自欺欺人如 G 君，居然打算跟傻小子做朋友。

究竟是有心还是无心呢？G君用的是自己家的电话给泡面男打的电话，那么泡面男当然就很容易再给她打回去了。所以，寒假剩下的那十几天，泡面男就再没有受到煎熬了，除去陪他爸去赴宴应酬，大多数时间就长在了自己房间里抱着手机打电话打到电池发烫。后来女生中间有人议论G君的时候，很多人都说她"装"，明明是喜欢人家的，还端着架子不承认，不就是为了多享受被追求的乐趣吗。也有人说G君一边吊着泡面男的胃口，一边给自己留着更多选择机会，再有一年她就要找工作什么的了，竞争蛮激烈的，她想到北京的话还不是需要泡面男帮衬着？

总之，各种流言在坊间流传，自然就有一些传到了G君的耳朵里。她有些自责，觉得自己那个电话打得真是多余，简直是惹了一个天大的麻烦，可是有时候她又想，自己没做什么卑鄙的事儿啊，为什么她就不能跟一个条件好的男孩子保持联系，这不是再正常不过了吗？就在这样的摇摆不定中，G君就一直跟泡面男保持着洁白纯净的友谊。

回到昆明之后的日子对于泡面男来说更是喜忧参半，喜的是他可以经常见到G君了，忧的是仅仅是"经常"。他只有周末的时候可以外出。而且在学校里打电话也不能像在家里那么疯狂了，上网更是受限制。

而G君也越来越被相思煎熬——虽然她不断不断保持理智，提醒自己跟泡面男只是朋友关系，可是，可是，真的骗不了自己啊。

明明是喜欢他的,和他在一起就是很快乐,却又不想把他当成男朋友,这种关系真是尴尬得想死。特别是室友每次接到泡面男打来的电话叫她接电话的时候,都会喊:"金龟婿来电话咯!"G君对那个电话是高兴的,却不喜欢室友那样说。她极力表明自己对泡面男没有攀附的意思,固执地不肯接受他任何礼物,他送的手机,她退回去,他再送来,她就咬牙东拼西凑借来钱全数给他。他只好放弃,送她衣服、包和香水之类的女孩喜欢的小玩意儿,她还是坚决不收。泡面男是个天生的傻二愣性格,气急了东西就往道边儿一丢,冲她大吼:"爱要不要,不要喂狗!"G君看出他是真生气了,太阳穴上的青筋都冒出来了,只好反过来哄他:"狗也不吃这些啊。"泡面男就孩子气地笑出来。G君暗自叹口气,自己对他到底是怎样的感情呢?

开春后没多久,泡面男生日,正巧是周末。泡面男拉着G君一起过生日,晚上还去了G君学校后面特别有名的一条街去吃小吃。G君送了他一份礼物,是一个LV的钱包,上面还细心地加上了泡面男名字的开头字母。可能在现在看来这真的是一份俗到家的礼物,但是当时的G君并不这么想。为了买这个钱包,她给别人当翻译,熬了十来个通宵。她知道,泡面男从小娇生惯养,连内裤都要指定的某个牌子的,这是他无意之中提到的,她记住了。G君小心到这种程度,不过是心里那个词儿作祟:差距。她似乎时时刻刻在提醒着自己,别妄想,这鸿沟,这差距,时时刻刻都横在你们中间。

生日那天泡面男特别高兴，收到 LV 钱包不算什么，最重要的事，G 君竟然愿意那样费心思为他准备礼物。他真的是个傻子，想不到女生细腻的心思，他习惯了什么东西都是自然而然的，他自然而然地以为女孩是像他一样把她认为好的东西送给对方。

那天晚上他们和另外几个朋友一起吃饭切蛋糕，然后其他人回学校的回学校，就剩他俩单独在一起。泡面男说："我们去看电影吧？"

那个晚上下了那个春天的第一场雨，两个人一路小跑跑到电影院买电影票，高兴得互相理头发梢上的水珠。G 君抬头的瞬间看着泡面男英俊的侧脸，觉得心脏扑通扑通跳得快极了。

泡面男举着票兴奋得像个小孩似的说："我刚才许愿说，希望今天晚上能抱抱你，行吗？"

G 君迟疑了两秒，说："好。"

后来的许多年，G 君都记得那个晚上，那个怀抱，带着春雨潮湿清新的香气，和安全干燥的男孩子胸前的暖意，毫无杂念，只是单纯的拥抱。

快到夏天的时候，泡面男的姑姑去昆明开会，顺便见了见他口中的女朋友 G 君。见面是礼貌而友好的，姑姑像相亲大会上的家长一样详细询问了 G 君的学习情况专业情况家庭状况以及她本人毕业之后的打算，G 君老老实实回答说："毕业之后想回老家，找份稳定的工作或者当老师。"

后来姑姑给 G 君下的定义就是"小家子气，上不得台面，心

如果当初勇敢一点 \ 051

太硬"。回京之后自然就把这种印象原封不动地传递给了泡面男的父母。父母的阻力来了,打电话让他别自己乱找女朋友。但是泡面男不甘心,他觉得这年头不可能存在父母不同意就办不成的婚事,只要他和G君相亲相爱在一起,就没有人可以阻挡得了。但是泡面男忽略了一件事:G君并没有决定相亲相爱跟他在一起。

大四的时候大家都为工作的事忙碌着,泡面男肯定是要回北京去的,G君都没有跟他商量,自己回到老家的一家国企实习。她家家境一般,父母对她也没有太大要求,就希望她好好上个大学,回来踏踏实实找个稳定工作再嫁个老实人,G君也觉得这样的生活没啥不好,所以就乖乖听从了父母的安排。至于泡面男的感受,她不是没有考虑过,但是她坚信,泡面男要什么有什么,她对于他来说不过是个玩具,即便失去的时候会难过一阵子,等他有了新玩具,他很快就会把她忘了。她不做非分之想,更何况,泡面男他姑姑眼神里挡不住的审视和嫌弃,她在第一时间就敏锐地感觉到了。爱情对她来说是奢侈品,如果一定要用自尊心去交换,她宁可不要。

分手分得天崩地裂,泡面男差不多说尽了这辈子对女人说的狠话。G君都一声不吭地听着,她知道自己是自私,但是她有保护自己的权利。泡面男后来吼了她一句:"我姑姑说的一点儿没错,你就是心太硬!"

直到那时G君才有了反应,却也只是淡淡地说了句:"听你姑姑的话吧,她说得对。"

泡面男说了一堆狠话，不过是想挽留她，劝她回心转意跟他去北京，工作什么的他都可以帮她安排。但是他不会表达，而她又太介意这样的表达。

很久以后我在 QQ 上问过 G 君，你真就狠得下心抛弃这么好的一段关系吗？G 君很长时间都保持输入状态，后来就发过来一大堆文字。如果说之前的很长时间我都觉得 G 君有点儿不识好歹的话，我是从那次谈话之后才开始有点儿理解她的。

她说，她真的是不太能接受泡面男对她好的那种方式。泡面男送她的礼物在她看来都很贵重，她不收吧他不高兴，她收了吧又胆战心惊的。泡面男带她出去玩，消费都很高，她觉得很浪费，为这事儿他们吵过架，泡面男脾气急，动不动就吼她"有什么大不了的，别唧唧歪歪行不行"。他们的朋友圈子不一样，玩不到一起，说话的方式也不一样，开玩笑都开不到一起。比如说打壁球，G 君从来没打过，打不到球，反而还会打到自己，泡面男就说"你怎么这么笨啊"。这不过是个宠溺的玩笑，但是 G 君就觉得，自己真的很笨，配不上他……别人看到的都是泡面男如何费尽心思对 G 君好，看不到的是 G 君的自卑、心虚和无形的压力。

我记得小时候有首歌，歌名忘了，有几句歌词是"我用自己的方式悄悄爱你，你是否对我的付出表示在意"。后来长大了，无意中想起来，竟然惊觉这是一些悲凉爱情的根源所在。人们总喜欢用自己觉得对的方式去爱对方，近乎执拗地把自己认为好的东西强加到对方的身上，就像紧箍咒一样恨不得把对方拴住。一旦对方不满意,就会惊天动地地责怪"我这么爱你你怎么还……"

爱是没错的,错只错在方式。

我想泡面男跟 G 君的拧巴就在于此处。

几年之后,泡面男快结婚了,说把老朋友叫一起聚聚。不知道谁出了幺蛾子,怂恿他叫 G 君到北京参加婚礼。借着酒劲儿,泡面男还真给 G 君打电话了,说:"我快结婚了,你来喝喜酒送红包吧。"G 君很大方地同意了,说婚礼那天可能没时间,但是之前有段时间刚好到北京培训,可以见见他。

后来两个人的见面就变成了一群人的聚会,大家嘻嘻哈哈东拉西扯,气氛还挺热烈,没觉得太尴尬。闹得乱乎的时候,泡面男就说:"我当年对你多好啊,你说你怎么就不领情呢?我到底哪儿不好,你怎么就那么瞧不上我呢?"

G 君就说:"我知道你对我好,后来再没有人像你那样对我好了。我不是瞧不上你,只是不想那么累。你给了我那么多,就是没问过我我想要什么。"

泡面男似懂非懂,只是叹着气半开玩笑说:"后悔去吧你!"

然后大家就起哄,没大没小乱开玩笑,热闹得不行。G 君和大家一起笑,好像说的是别人的笑话。直到结账的时候泡面男掏出钱包来埋单,G 君看到他的钱包就哭了。

虽然钱包已经用旧了,但是她认得。那是她这辈子买过的最贵的一个钱包,只是为了送他一份她觉得配得上他的礼物。她从来没有对他说过,为了维系一份对等而有尊严的爱情她过得有多难，她也从来没有想到过，那个对他来说是寻常物件的钱包他会用那么多年。

如果当初勇敢一点，结局会不会不一样？如果当初多说一句，今天的他们会不会在一起？谁知道呢，谁知道呢。时光容不得假设。说书人合扇拍板，眼眶温热话从头。

我们在一起吧

我的朋友有很多奇特经历的人，H君算得上"最"字之一。

其实从小到大她都跟很多幸福的姑娘一样被呵护着，衣来伸手饭来张口，父母视她为掌上明珠。她爸爸是警察，所以H君对童年时代第一个给他递小纸条表达爱慕的小男孩说的话是："再欺负我就让我爸抓你！"从那以后再有男生去她家阳台底下巴巴等她的时候，一定要事先踩点儿问清楚她爸爸在不在家。

小姑娘H君无忧无虑地度过了少女时代，高中毕业之后上了警官学校，平稳安逸的未来基本是看得见的。大二那年她有了正式男友，算得上一个门当户对的男孩子，要模样有模样，要才能有才能，如果没有意外，两个人毕业之后就是要结婚。

然而，这世界上永远有意外。

H君的爸爸被卷进了一场凶杀案。全家人都被异样的眼光注视,H君自然也和妈妈一起承受着很大的压力。

令人欣慰的是,H君的男友对她呵护有加。

那个时候电脑啊网络啊还没有现在这么普及。学生宿舍里几乎没有私人电脑,学校的公共机房,都是那种大脑袋的显示器,移动存储设备还是3.5寸软盘。H君虽然学的是理科立志做女警察,但是真的是一个心思细腻的女孩,也跟其他女孩一样,在特有的年纪看看言情小说什么的,然后幻想一下自己的白马王子,甚至自己动手写小说。H君就选了公共机房上的一台机器,在上面一个隐秘的文件夹里私建了一个文档,写了一部长篇小说,大致就是一个学校里的女学生遇到一个英俊威武的男警官,英雄救美之类的。

H君写得很动情,有空就跑去机房"连载"。她自以为这是不可能被人发现的,没想到偏偏就有人发现了。那个人不经意间在公用的电脑上发现了这么一部小说,还发现隔三岔五就会有人过来接着写。他就一直追文一直追文,变成了追文男。

追文男在机房默默关注了一阵子小说之后,就开始研究小说的作者。他留意了每次文档修改的时间,知道这姑娘大概什么时候会来,然后去等,很快就等到了。然后,就像很多偶像剧里演的,好看的男主角轻轻走到女主角身边,很温柔地一笑,问:"是你在写小说吗?好好看啊,我一直都在追着看。"

有句话怎么说来着,女人不只需要爱,更需要懂得。年纪小小的H君在那个时候就得到了追文男的"懂得",惊讶之余心里满满的都是欢喜。她从小被众多小男生追求，还是第一次遇到用这种方式、这种语气表达好感的人。怦然心动就是那个瞬间的全部解释。

追文男来自其他省份，家庭环境跟 H 君差不多，但是成绩更优秀，表现更出众。追文男是学院射击冠军，H 君的业务技能没那么强，但是她自己好强，就加班加点地练，追文男就陪着她。两个人很多业余时间不是用来逛街看电影，而是去练射击和散打什么的。至于 H 君的小说，自然也就没有写完，因为在她看来，自己已经是童话故事里最幸福的女主角，完全没有必要再去幻想什么。

H 君和追文男遇到的阻碍之一是追文男的妈妈。因为两人感情很好，他们都很快跟父母说了恋爱的事，还提出毕业就结婚。H 君的爸妈倒是没有太多反对的意见，但是提出了一个顾虑：那男孩的家在南方，咱家在北方，以后你们真结婚的话安家在哪里呢？而追文男的妈妈也想到了这一层，而且想得更远，她发现儿子的心思已经全部都在 H 君的身上了，每次打电话张口闭口都是女友怎样，几乎不把她这个老娘放在心上了。当然，追文男和 H 君只是在恋爱，还没有真到谈婚论嫁的阶段，所以追文男的妈妈也就在脑子里 PK 了一下假想敌而已，并没有对 H 君显露出太多敌意。只是在儿子眉飞色舞地夸耀女友多好的时候，当妈的会泼点儿冷水："小屁孩，你才多大呀，着急娶什么媳妇。那女孩家是北方的，你都不喜欢吃面食，能跟她过到一起吗？日子长着呢，你大学还没毕业,想这些都太早了。"

追文男的妈妈还真说着了,日子长着呢,H君的家里出那么大的事,谁都想不到!

家里出事之后,H君的人生就像从天上摔到了地上。

追文男虽然不能每天陪着H君,但是电话短信什么的从来没少过,只要有时间他就跑去家里看她。这让追文男的妈妈很生气。原本她就对H君没有什么好感,得知她家的"丑事"之后马上跑来雪上加霜,成天追着儿子说:"赶紧跟那女孩分手吧,咱家可不能沾染那个晦气。"追文男当然就不乐意了,说:"妈,这是落井下石,别说我爱她,就是普通同学关系也不能在这样的时候跟人家撇清关系啊。"母子之间爆发了一场恶战。

那个春节,追文男干脆就没有回自己的家,在H君家里陪着H君和她妈妈。他以为这是帮了H君,却没有想到把祸水直接就惹到了H君家里。

追文男的妈妈通过学校打听到了H君的地址,大正月的就杀了过去。她直接找到H君家里,指桑骂槐数落儿子不懂事,但是话里话外都在敲打H君母女带坏她儿子。

人在逆境中会变得格外敏感,追文男妈妈这一闹,她们当然知道人家是在跟自己划清界限。H君原本是依赖并感激追文男的,经他妈妈上门大吵后,她伤心之余就被绝望淹没。如果是之前她还满心感激追文男不离不弃地跟她在一起,此刻的她想到的却是无论如何都要跟追文男撇清关系,她再也配不上他。

H君和妈妈默默忍受,好言相劝送走了追文男和他妈妈。追文男先前是不肯走的，H君骗他说，你先回家过年，开学之后我们学校见。追文男这才恋恋不舍地回家去。

寒假结束了，学校开学了，H君当然没有再回学校去。她决定退学。她不放心让妈妈一个人在家承受来自各方面的压力。

那么，她深爱的追文男呢？学可以不上，工作可以不要，她最最割舍不下的，是她认定的那份最美好、最浪漫的爱情。那是她的梦想啊，他们在一起无数次勾勒以后结婚成家的样子，甚至连房子的样子、朝向、格局、装修都想好了，甚至一起计划了养孩子、养狗狗。一切的一切，都如镜花月影，再不可能触及。并且，她还要亲口向他说出分手的话。她如何说得出？他那么优秀，对她那么好，两年多的时间几乎朝夕相处，他们就像长在了一起，现在她要举起一把刀，活生生把连着心尖的一块肉切下来。她的疼，说都说不出。

可是，即使疼，也要做。因为他们不可能再走在一起了。他的家庭也不可能接受她。

就这样下定决心之后，H君去学校办了退学手续。妈妈和老师们都是不同意的，都劝她不要冲动，不要拿自己的前程开玩笑。

H君退学突然而又坚决，很快就办好了手续，甚至连追文男都是在她办好手续之后才知道这件事的。追文男差点儿没疯了，追到她家去问到底为什么。H君见他的态度出奇平静，只是告诉他："你要是真想跟我在一起，就退学。"追文男想都没想就答应了。

然而，也只是答应了。

谁都想得到，他不可能退学的。他是学校的优等生，射击冠军、散打冠军，老师以及校领导都认定他是警队的好苗子，他爸爸甚至早就做好了打算，让他回老家的市局工作，必定是那里重点培养的精英。再说，当警察，抓坏人，也是他从小就立志去做的事，他从小喜欢警匪片，相信自己一定可以做最出色的警察。他万万想不到，在离梦想实现就差一步的时候，H君对他提出了这样的要求。

头脑冷静下来之后，追文男意识到自己面临了人生当中最重大的一次抉择。可以说，在他二十来岁的生命里，几乎没有做过什么为难的决定，上什么学校，选什么专业，都是他想得一清二楚的，父母也都全力支持。当初之所以离开家乡选择到北方读书，也是他比较了几个警官学校之后做出的选择——念就念最好的。父亲也支持了。在感情方面，他更是没遇到过什么纠结的事儿，他成绩好，样子帅，从小就有小女孩喜欢他，但是他觉得她们都不足以打动他，既然不喜欢就不拖泥带水，他都很干脆地拒绝了。在他年轻的生命里，根本就没有什么选择题。然而，第一次碰到选择题就是H君，他深深地困惑了。

他永远忘不了最初相识的时候，他偷偷看她藏在公共机房电脑里的小说，她说她渴望一爱就一辈子的爱情，即便死，也要一致对外，双双死在众人的枪口下，到死都紧紧相拥。可怜的H君，那时候竟然向往如此决绝的爱情，不知道这是不是命运跟她开的一个浪漫的玩笑。

追文男没有兑现诺言，而是坚持到了毕业，但是他并没有按照他老爸的想法回到老家去工作，而是去了南京。

H君曾经讲过，她喜欢南京，属于那种没由来的、没道理的喜欢。可能是因南京有古都风韵？或者是因为她喜欢的一个小说作家在小说里把南京写得特别好？反正，H君就是喜欢那里。她曾经跟追文男约定，有机会一定要一起去南京旅行，买很多漂亮的雨花石。

追文男总是无可抑制地想起那些哈哈大笑的好日子，那是他心头的一罐蜜，又是心头的一道疤。

退学之后的H君换了电话号码，还和妈妈搬了家。她家住的算是公房，爸爸出事之后她和妈妈不想再住下去，因为出出进进的都是爸爸的同事什么的，H君的妈妈觉得面子上很过意不去。

追文男追问了好多同学，平时跟H君最要好的同学都不知道她的下落。那样一个大活人，就像人间蒸发了一样，一点儿告别的话都没留给他，一点线索都不留给他，绝情得让他心灰意冷。但是他断不了那点儿念想，他知道她是迫不得已，他希望自己的诚心能够打动她。

然后，就是五年。

五年的时间，追文男已经成为一名出色的刑警，多次破获大案要案，得到领导的器重，自然也会有很多人给他介绍女友，他在老家的父母也一再张罗这件事。追文男只是推托太忙，没有时间去恋爱。其实，他一直没有放弃打听H君的消息，跟H君关系好的同学几乎被他缠得没法，稍微有个风吹草动，都会让他知道。

最初，追文男听说H君在一家网络公司做编辑，他二话没说就从南京跑过去找她，果然找到了。他告诉她他不会放弃的，一定要和她在一起，患难与共。但是第二天H君就跟老板说要辞职，害得老板拦着追文男不让他再进公司的门，还差一点儿打110报警。最后还是H君说："你快点儿走，别让我再看见你。"她的语调冰冷，没有一丝情分。

后来，还有一次，一个同学有了H君的消息，也第一时间告诉了追文男。那时候H君在一家珠宝公司做销售，就是把一些不太好的珍珠翡翠琥珀之类的说成宝贝，忽悠有钱的冤大头上钩。追文男跑到了那家商场，远远偷看正在接待客户的H君。她瘦多了，干练多了，穿的是女销售最常穿的黑色职业套装，领口翻着笔挺的白衬衣领子。他还记得当年H君说过，这身装扮太丑了她一辈子都不想穿。追文男问她穿什么，她说当然是警服啊，全世界没有比警服更帅气的衣服了。想到这些，看着她在客户面前带着统一训练出来的职业微笑介绍那些狗屁珠宝，追文男觉得心酸。那一刻他好恨自己没有办法给她公主一样无忧无虑的生活。

五年时间过去，最大的变化就是通信工具发达了，想到追文男和H君相识那会儿用的还是学校的公共机房，五年之后，淘宝都已经如火如荼了，H君的公司竟然还有淘宝店。追文男没有像上次那样贸然去找H君，而是时不时关注一下她公司的淘宝店，几乎没什么生意，但是他觉得离她很近很近。他还想尽办法从同学那里弄到了 H 君的 QQ 号码，他犹豫了好长时间才鼓起勇气加她好友。紧张的等待过后，H 君竟然同意加他了。

后来 H 君回忆说，看到 QQ 验证消息的那一刻，她哭了，她没有想到他会一直惦记她。工作这么多年，她不过是个大学肄业生，找份像样的工作实在不容易，吃过不少苦。每每受了委屈，总是会情不自禁地想，如果追文男在，如果他在，他会不会奋不顾身帮她解围？他一定会的。可惜，这世上没有如果。从她决定跟他分手那天起，她和他就是两个世界的人了，他保护谁，或是抓捕谁，跟她都没有关系。

一切的猜测似乎都在那个 QQ 认证消息中被推翻了，他说："只要你过得比我好。"也许这只是简单的一句话，但是看到消息的那一刻，H 君忍不住哭了。她听同学提起过，他毕业后自己去了南京，从一个小刑警做起，吃了不少苦，经历过很多风险，一直没有女朋友，身边也没个人照顾。她想起那次在网络公司匆匆见一面，他比印象中成熟干练了很多，却也清瘦了很多，她怕自己心软，所以说狠话说再也不见他。可是看到 QQ 消息的那一刻，H 君觉得自己欠他的太多了。

原以为加上 QQ 之后会有很多话说，追文男却发现自己嘴很笨，不知道说什么，只是傻乎乎地反复问"你好吗"。话问出去了，又觉得自己太蠢，她怎么可能好呢，一个习惯了父母照料的女孩子，短时间内什么都没有了，要跟妈妈一起付房租、承担生活的重担,还要承受父亲坐牢的心理煎熬,她不会好过的。

H君只是在QQ上淡淡地说,还好。她和妈妈一起租房子住,是简易的平房,价格便宜一些。她妈妈在一个饭店里帮忙,很累,但是好歹有收入。她起初做销售很不适应,有些客户不好应付。H君原以为跟他说这些的时候自己会委屈地哭出来,却没有。哭有什么用,怨天怨地不如让自己强大起来。当初是她选择离开学校的,自己选择的路,再苦也要走下去。

追文男很忙,几乎没时间聊QQ,而且工作性质的原因,他工作时间也不能上QQ。他大着胆子跟H君要了电话,说方便的时候电话联系,H君同意了。就这样,两人的联系逐渐密切起来。

联系了一段时间之后,追文男试着问H君:"我去看你吧?"H君犹豫了一下说:"我去南京看你吧,我还没去过南京呢。"追文男激动得不知道怎么好,就说:"太好了,你要是来了,我去买个房子给你住!"

这当然是一句笑话,不过追文男真的去买了房子。赶巧他那段时间一直在准备买房子,H君说要去南京,他一激动,把一直犹豫的一套房子果断入手了。

每次聊到这件事,H君就很哭笑不得,她觉得是老天故意开玩笑,让她一时的心软换来一辈子都还不清的债。

追文男带着H君去吃小吃。笑话百出的是,他本想好好表现,带她吃好玩好,但是去吃的时候他才发现,在南京待了五年多,自己对吃喝玩乐的地方竟然是一窍不通,平时都在忙着办案,破案之后庆祝也都是去单位食堂吃个便餐,想去个特别一点儿的有南京特色的地方,他都办不到。

也好,这样的窘态化解了两个人久别重逢的尴尬,H君忙着嘲笑他不懂得生活,笑容好像又恢复了当年在学校里无忧无虑的日子。

终于找到了地方,落座,两个人开始吃吃喝喝,距离近了不少。聊起这几年的经历,聊起他办案中遇到的离奇的事儿,有笑声,也有眼泪。H君似乎放下了所有戒备,不再那样冷冰冰地拒他于千里之外。有那么一瞬间,追文男竟然有些恍惚,H君是来跟他复合的。他甚至迫不及待地想,吃完饭两个人就去民政局办理结婚证好了。

情况是在一个电话进来之后改变的。追文男的一个同事打电话给他,说有重要的事。追文男就急了,说:"我不是说了吗,今天就算天塌下来也别打扰我!"那头儿就说:"可是,有新发现呢,过了这村儿可就没这店儿了!"

追文男挂上电话脸色就不对,他不想浪费掉这个五年才等来的重逢机会,可是职业操守又令他坐立不安,听到命令就行动这是他的职业准则,何况这个案子他已经追了很久,他怎么能置之不理呢?

可是,可是,可是,好不容易等来的跟H君面对面一起吃好吃的、大笑不止的机会怎么能轻易错过呢?

H君很快就看出了追文男不对,就问他出了什么事,是不是局里有要紧的事儿。追文男吭哧了半天才道出原委。

"你快去！"H君斩钉截铁地答，然后说，"我等你。"

后来的事就是，追文男去办案了，留下H君一个人在陌生城市的陌生餐厅里，吃完已经开始变冷的饭菜。但是H君说，很难说清当时的心情，饭菜是冷的，心里却是暖的。她知道追文男没有变，还是当年那个很实诚很努力很公事公办的傻小子。在学校念书的时候他最用功，各种专业课什么的他从来都是认认真真学习，他从小到大的愿望就是当一个除暴安良的警察——就像她小时候最膜拜的那种人。H君坐在饭店的落地窗旁边，看着追文男远去，心里前所未有的纠结。

追文男离开了就没再回餐厅，因为临时有了特殊任务，所有相关的办案人员都集中到一起，不能随便跟外界联系。追文男跟作了解释，问她能不能在南京多待几天，他实在走不开，等他忙完这阵子就好好陪她在南京玩。H君听得心酸。因为公事不能回家，这个情况太熟悉了，小的时候她爸爸也经常这样，家里很多时候都是妈妈和她在一起，焦急地等着爸爸回家。思前想后，H君在电话里对追文男说："你安心办事，不用管我。"放心，这是她所能给他的唯一承诺，如果这算承诺的话。

追文男忙了好几天，和同事一起破获了一起大案。H君原本要悄悄走掉的，可是追文男负伤了。其实不是什么大伤，额头擦破了一点儿皮，但是追文男夸张地包扎了一下，H君当然不知道实情，吓个半死，抱着他哭了半天。追文男原本想说实话的，但是忍住了，他知道，这个姑娘没有变，是爱他的，这就够了。

回去之后，H君发现自己已经放不下追文男了，她曾下定决心极力想忘掉的人真真切切再次出现在生活里，而且是那样一个状态，让她很心疼，很挂念。如果说早年在一起的时候仅仅是因为单纯的喜欢、吸引，这再次的相见很有失散的亲人重新团聚的温馨感。她甚至已经忘记了他是怎样吃饭的，一次重逢把那些漏掉的细节都呼唤回来了。他拿筷子拿得远，比她还远，她说筷子拿得远的人以后会离家很远，他说没关系只要咱俩在一起多远都不怕。她不喜欢吃葱花，但是像蛋炒饭之类的当然有葱花最好吃，他会把一盘炒饭里的葱花挑得干干净净然后让她吃。他是南方人，很会剥虾壳，每次吃虾他总是一只一只剥得很完整的虾肉放到她的碗里，然后笑眯眯看着她吃完。他的眼睛生得好看，睫毛浓密，眼尾稍长，斜斜指向太阳穴的方向。很多时候一起吃饭，她都会停下筷子看他带笑的眼睛。

直到这一次，他受了伤，脑袋包得像个棉花包，眼睛都遮住了一半，她前所未有地恐惧，她忽然很想关心他。

那时候H君的爸爸已经刑满释放，H君的妈妈和H君商量了一下，她陪着H君爸爸回了乡下老家。H君爸爸就想找个地方种种地，安度晚年。多说一句，H君的妈妈真是挺了不起的，她虽然柔弱，却不软弱，没有大难临头各自飞。她对H君说好好工作，我陪你爸回乡下，你爷爷奶奶还有一亩口粮地，够我们几个老人吃了。

送走爸爸妈妈，H君准备把自己荒废的几年青春补回来。好歹她是上过大学的，她也知道学历在这个社会上有多重要。

H君对追文男说:"我想继续读书。"追文男全力支持,说:"你选个自己喜欢的专业吧。"H君说:"还是想学法律。"追文男说:"法律好啊,以前在学校你法理学就学得好,学出来考个资格证,当律师吧。"H君说:"我要是当了律师,就把你抓起来的坏人全都无罪辩护!"H君说这话的时候追文男就笑不出了,过了一会儿才说:"我相信你不会的,你始终都是我爱的那个善良的姑娘。"H君没有说,你始终都是那个懂我的傻小子。

H君说了要去上学,追文男全力支持,雷厉风行就用最老旧的方法——邮政电汇给她打了一笔钱。因为他只知道她的公司地址,不可能知道她的银行账户什么的,他若问,她是不会给的。那时候他买了房子,付了首付,家里给了些钱,他自己还月供,以他警察的工资实在是攒钱不容易,但是他还是给了她一笔钱,让她辞掉工作,专心读书。H君自然是把钱退了回去,说心意领了,班还是要上的,她要付房租,还要交各种学费书本费什么的,还要每个月给爸爸妈妈一些,让他们放心,她过得很好。

白天做销售,晚上挑灯夜战,在小平房里看一本本艰深晦涩的法律理论书籍。她是本科肄业,需要先自考本科文凭,下一步的目标是法学硕士,她浪费了太多时间,这时候需要加倍补回来。

神奇的H君用了一年多的时间拿到本科文凭,然后联系以前的同学帮忙,找到南方的一所高校读硕士。那时候"法硕"刚刚开始兴起,很多非法律专业的学生也都一窝蜂跑来考法律系的研究生。H君发现竞争对手多出好几倍。H君那个同学已经研究生毕业了,在一所高校任教,她知道H君的遭遇,当然也是同情的,所以全力以赴帮她。同学帮 H 君联系了以前读研究生的导师，拿到一些研究生一年级的课堂笔记啊以及参考书目什么的，总之，这样辅导一下，会比单纯地自己闷头准备考试效果要好。H 君的英语底子不差，扔了一段时间，捡起来也比较容易。

那个冬天 H 君破釜沉舟，她正式辞了工作，带着不多的存款，到学校附近租了一个筒子楼里的小单间，只有七八平方米的样子，一张单人床，一个书桌，一把椅子，一个简易衣柜。再有就是铺天盖地的复习资料。南方的冬天阴冷潮湿，又不下雪，屋子里没有暖气，近零摄氏度的室温还不及户外暖和。天气晴好的时候她就抱着书本到外面晒太阳背书，天气不好的时候就缩在屋子里抱着暖水袋穿着大羽绒服看书。每次回忆那些日子，她都说："不堪回首，不堪回首。"但是当时的她是幸福的，因为她有梦想。

写故事很简单，几分钟就把那段经历敲出来了，经历过的人才知道那分分秒秒的时间有多难熬。那时候 H 君几乎没什么消遣，实在累得不行就去网吧玩一个小时游戏。时间不多，一个小时，绝对不超过一个小时。追文男说要送她一台笔记本电脑，H 君说："没考上之前我不要你一分钱。"追文男就笑了："那是不是说你考上了就要我的钱愿意嫁给我了呢？" H 君就被气笑了，她渐渐分不清是自己的本意暴露了，还是掉进了他的圈套。

吃下的所有的苦都是值得的，H 君的故事让我分外相信耕耘就有收获这件事。她如愿以偿地以总分第三名的成绩考上了那个导师的研究生。

接下去是轻松愉快的两年。H君觉得，自己又年轻了，自己又找回了曾经的那个快乐的小女孩，她凭自己的本事考上了研究生，自己交学杂费，自己挣得美好未来。她坚信没有什么可以摧垮她。她现在唯一要做的就是尽情享受校园里的美好时光。看书，做兼职，参加舞会，交新朋友，那种感觉太好了，就像整个人重新活了一次一样。

后来，她顺利地过了司法考试，又考到了南京，进了检察院。

后来我问她，当时是不是特激动。她说，那感觉很奇怪，尘埃落定那天，她站在太阳底下待了半晌，好像完全没有想象的那种欢呼雀跃，只是想，哦，这就完了吗？终于可以踏踏实实睡个懒觉，痛痛快快去网吧玩一整天连连看。她是想到连连看的时候才激动起来的，然后就给追文男打了个电话，说："我考上了。"她听到追文男在电话那头冲同事大喊："今天晚上我请客！"H君的眼泪是在那一刻掉下来的。

后来H君就去了南京，和追文男在一起了。

很多人并不了解他们这些年的分分合合，他们俩也很少对外人解释，一般同事什么的问起来，他们就说是大学在一起了，后来分开了一段时间，然后再复合。很多人都会说真好啊、好幸福啊、有情人终成眷属啊之类的话。

事实上，即便是H君通过自己的努力成为了检察官，她和追文男在一起还是历经了很多波折，最大的难关还是追文男的妈妈。H君想到后半生要向这样一个人喊妈妈，就觉得嫁给追文男真的不是一件快乐的事。可是，纠结那么久，她还是选择了追文男，因为那份感情真的不只是小儿女的你情我愿，他是这么多年来贯穿在她生命中的一口气，没有散，所以她没有倒下。求婚那天追文男说："无论怎样，咱们都是在一起的，请你一定相信我。就算这个世界上有再多困难，你都要相信我，我会跟你共渡难关，我再也不能让你一个人受苦。"

其实我最好奇的 H 君是怎样改变想法决定嫁过去的。

H 君小孩周岁的时候她来北京玩，我们见了面，那天我们在后海一个小咖啡馆里猫了一下午，听一个很帅的小男孩弹吉他唱歌。她哈哈地笑，眼角有了细微的纹路，但是眼睛弯弯的很好看。

她说："我觉得现在自己特幸福，虽然偶有麻烦，但是我相信自己能够解决，这个信心真难得，换成十年前的我简直无法想象。但是，我想通了，我花了那么多年才想通，与其心怀恨意，不如笑着去宽恕。现在，我和婆婆关系很融洽。我曾经怪这个世界对我太不公平，现在我相信，只要我懂得珍惜、知足，幸福就在我的手里。"

我想和你好好的

要离开住了五年的房子并不是一件容易的事，东西就像会繁殖似的，自动塞满所有角落，平时看不到的地方收拾起来都像变魔术一样冒出许许多多完全忘记了的物件儿：大学校园里收集的银杏叶，求职时为了充门面而买的"A货"名牌包，单位第一次年会时抽中的纪念奖纸巾盒，还有……一条领带。它属于天蝎男。

I君整理东西的手慢了下来。大四那年开始找工作，I君傻乎乎地买了这条昂贵的领带送给天蝎男说："戴着它去找份好工作，多多赚钱养活我！"天蝎男说："好好好，一辈子养你，把你养成小肥猪！"I君就两只手紧紧卡他的脖子说："这是你说的你可得记好了，一辈子就是一辈子！"天蝎男被她掐得龇牙咧嘴，讨饶说："只要别让我系这么丑的领带，其他让我做什么都可以！"

她坐在一堆杂物中间，傻傻地捧着一条从来没有系过、曾经被天蝎男嫌弃过的领带，审视这个即将离开的小家。

　　角落里摆着简易衣架，是他们一起买的，里面有她的衣服，却不再有他的；床上的被子是他们一起买的，她还在盖，却不再有他帮着晾晒；电饭锅和碗筷是他们一起买的，她还在用，却不再有他抢着添饭盛菜。那时候，他指责她，然后他一走了之，她发现自己一直都放不下那段感情。

　　一颗心就像一座城，原本只住着一个人，你为那个人量身定做了所有的东西，一切都是你们共同所有，忽然有一天，那个人什么都不要，毅然决然离开了那座城，你以为留下的还是一座完整的城吗？

　　I君和她的天蝎男属于不打不相识。大学开学没多久I君就学人家在学校里骑自行车。而且还选在半夜，下晚自习之后骑车狂奔飞回宿舍，结果一个转弯不灵就撞上天蝎男。I君各种卖萌，天蝎男就是不依不饶。梁子就这么结下，I君觉得真是流年不顺，大好年华刚开始就被人诅咒。后来两人上公共课的时候经常碰面，几乎一见面吵架，互相看不顺眼——甚至连正眼看一眼都懒得看。天蝎男觉得她毛毛躁躁像个小疯子，她觉得天蝎男不懂得尊重女生。

　　事情的转机是从迎新篮球赛开始的。I君的学院刚好跟天蝎男的学院比赛，爱凑热闹的I君责无旁贷地去当拉拉队长，一眼就看见了球场上带球过人的天蝎男。I君在场外呆呆地看了一会儿，觉得天蝎男也没有印象里那么讨厌。

比赛结束，天蝎男带领球队打败了I君的队伍，成功晋级。I君的姐妹们都忙着照顾自家球员，I君反倒厚着脸皮凑到天蝎男那边儿去递水递毛巾，然后厚颜无耻地说："看不出来，躲自行车不利落，打球还有两下子嘛！"天蝎男抹掉汗水哼笑："看来你没少偷看我嘛！有啥想法？"运动之后的天蝎男脸上还带着点儿潮红，衬得眼睛越发狭长明亮。I君竟然有点儿脸红。少女的爱情真的不需要多么高深的理由。

后来才知道天蝎男与I君竟然是老乡，I君就更觉得近水楼台了。I君的宿舍与天蝎男的刚好处在90°角的两端，I君有什么事，推开自己寝室的门冲着斜上方45°喊一嗓子，天蝎男就能透过窗子听得清清楚楚。她经常是大半夜的给天蝎男打电话说"喂，我买了消夜回来分给你吃吧"，还没等天蝎男说"好"，寝室的门已经被敲得咚咚响了。

I君用甜软绵的手段征服了天蝎男寝室里的每一个人，这段恋爱里她毫无悬念地赢得了所有赞成票。后来想起来，天蝎男不是没有感动过。当时的他有点儿烦她，有点儿无奈，可是他不傻，他知道这个女孩子是真的对他好，这份爱情来得千金不换。

I君和天蝎男度过了美好愉快的四年，成为大家最看好的一对恋人。找工作的时候虽然有些波折，但是也都算是有了好去处，都顺利留在北京并且有好工作了。

那是一个春天，小河里的冰已经化开，积极的燕子已经陆续飞出来。I 君和天蝎男用一辆破单车运送大包小包的行李，满载的是对毕业后美好生活的大把憧憬。为了省钱，他们租住的是五环外一个小筒子楼。生活虽然清苦，却是他们第一个家。

分开后的很多年，I 君闭上眼睛，仍旧能回忆起那走廊里的味道。小煤气灶的燃气味，炒菜的油烟味，男住户的香烟味道，走廊另一头的厕所味道，隐隐混着阳台上刚刚洗过的衣服的洗衣粉味……在 I 君的记忆里，那几乎就等同于幸福的味道。

那时候，I 君还不会做饭，都是天蝎男主厨。他站在筒子楼狭窄的走廊里，用简易的小煤气灶炒菜。夏天的时候筒子楼里闷热得不行，由于空间有限，大家都在家门口的走廊里用小煤气灶做饭。为了省钱，他们总是头天晚上做出第二天中午的饭菜，打包带去单位吃。I 君炒菜的手艺一直限于炒鸡蛋、蒸鸡蛋、煮鸡蛋和蛋炒饭，只要天蝎男不出差，饭菜基本是他做。他最拿手的菜是五花肉焖扁豆，每次带这道菜上班，I 君都要多带一份米饭。她最喜欢看天蝎男做这道菜时的样子，穿着松松垮垮的家居服，趿拉着拖鞋，左手夹着一支烟，时不时吸一口，然后慢慢吐出烟，右手掀开锅盖，眯着眼睛待水汽散尽之后看扁豆熟了没有。I 君就像围着灶台转的小猫一样坐在一旁的小板凳上，仰头看着他，也看着锅，恨不得把他和扁豆一起吃下去。

"饭好了，馋猫，可以吃了。"他总是这么说，然后两根指头挑起她的下巴。I 君就乖乖喊一句："谢谢亲爱的。"他会笑得眼睛眯成一条缝，然后轻轻在她额头亲一下，叹口气说："要是没有我，你还不得饿死？"

他们还在狭小的单间里煮火锅。用一只小电饭锅烧水。水开了，I君把半袋火锅底料丢进去，用筷子搅拌，等到底料完全煮化了，又放进葱段、姜片和大蒜瓣。简易的小餐桌上摆着羔羊肉、土豆片、白菜叶、粉丝、金针菇，两只小碗里盛着调好的芝麻酱。电脑里播放 CSI，天蝎男一边看一边把橙子切成一小瓣一小瓣，摆在小盘子里，嘴里还哈哈笑着。

每次煮完火锅，衣服、被子都被熏上重重的火锅底料味道，第二天两个人上班，都被同事猜出头天晚上吃了火锅。那时怎么吃得那么香呢？那样好吃的火锅，无论"海底捞"还是"麻辣诱惑"都比不上。只是她再也吃不到了。

那时候他们为了省下路费，天蝎男买了一辆除了铃不响上下哪儿都响的破自行车每天骑车上下班，周末他们逛到 4S 店的时候 I 君总说："以后你有了钱一定要给我买法拉利，实在买不起，奥迪小跑也凑合了。"天蝎男就笑说："那怎么行啊，好歹咱也得买两辆劳斯莱斯，一辆开着去超市，一辆开着遛狗。"

欢乐的日子是有的，美妙似童话，下班后一起买菜、做饭、看肥皂剧，周末时到附近的大学里逛书摊、看露天电影。居住的环境虽然简陋，但有情真的可以饮水饱。天蝎男的运气不错，进了职场之后稍稍"潜伏"了一阵子就得到了部门领导的赏识，薪水涨得快，跟领导出去抛头露面的机会也多。I 君的工作虽然略显平淡，但收入什么的都还说得过去。

好像一切都朝着好的方向发展，天蝎男没有许诺什么，但是他觉得，如果按照那样的轨迹前行，用不了多久，他们就能在这个城市里买一套属于自己的房子，然后生一个孩子，再养一只小狗，过上更美满的生活。只是，事情没有他计划的那么简单。

他觉得I君变了。从前她只是任性，耍耍小姑娘的脾气，给她买颗糖或者做顿好吃的饭菜她就会转怒为喜。可是渐渐地，她没有那么好哄了，她对他越来越挑剔，嫌他下班晚，嫌他不陪她逛街，嫌他不会甜言蜜语。他试着解释，工作实在太忙，应酬又多，领导和客户都得罪不起，他只能牺牲休息时间。她就是不听，她说他在找借口，甚至怀疑他是不是薪水涨了、职位高了就想换女朋友了。起初，看到她因为吃醋而撒泼耍赖的样子，他还觉得蛮有趣的，故意逗她说："你再这么闹下去，我真要换个'白玫瑰'女友了。"她就疯狂了，咬他，挠他。可是时间一长，天蝎男觉得不好玩了，这个游戏太耗神，而且I君完全没有停下来的意思。

天蝎男想哄她高兴，就说："我们搬家吧，换一个更好的居住环境，房租不是问题。"I君并没有像他期待的那样露出兴奋的表情，而是反问他："好好的为什么要搬家？你嫌弃这个家了吗？你嫌弃我了吗？"天蝎男就很无奈，只好说："你喜欢住这里，我们就继续住这里。"I君就又追问："难道你不喜欢吗？"天蝎男觉得头痛。

裂痕就是这样越来越大。I君是典型的外向型性格，想做什么事就要马上做，想说什么话就必须照直说；而天蝎男偏内向，说话做事之前都要深思熟虑，情绪轻易不外露。I君开始觉得他有事瞒着她。天蝎男说没有，我只是很累。I君说你可以告诉我呀。天蝎男就不明白，告诉她有什么用呢。I君就说："你不爱我，如果你爱我就应该把心事告诉我。最初就是我追求你，你并不爱我。"天蝎男不解，这两件事之间有什么必然的联系吗？

男人习惯去解决问题，而女人只喜欢探寻问题，思维方式不一样，只怪当时他们都年轻，谁都悟不出这样深奥的道理，轻而易举就让对方背上"不讲理"的大罪名。

天蝎男领导的女儿朝他走近了。她觉得天蝎男长得帅，工作努力，没少听爸爸夸奖他，特别是听说他有个谈了好几年的女朋友之后，一股好奇心席卷了她。那时候领导的女儿刚刚从国外留学回来，暂时不工作，有事没事就往天蝎男办公室跑。时间长了大家都觉察得到她的意图，于是就有同事开始打趣。因为有时候I君下班早了会去天蝎男单位等他，I君也跟他的很多同事相处愉快，有意无意地，关于天蝎男和领导女儿的绯闻也就一丝一缕地传到了I君那里。

那时候的I君确实开始害怕，她觉得天蝎男就像一块璞玉，经过职场的打磨之后精华日益显露出来，岁月的滋养之后他是无限升值的，而她呢，不再年轻了，工作没有什么挑战性，目测不会有太大突破，他还会喜欢她吗？

恐惧像一只魔爪，困住了I君的心。她和天蝎男的争吵升级了。回到两个人的小家里，I君越来越多地问起："你真的爱我吗？会变吗？""你们单位有那么优秀美丽的女海归，你会变心吗？""我什么都做不好，你会不会不要我了？""我是不是很没用？""有时候我好讨厌我自己，你是不是也讨厌我？"

我想和你好好的 \ 079

天蝎男一遍遍解释，一遍遍保证，一遍遍承诺，最后实在是不想再多说一个字。有一阵子他赶着参加一个大项目，所有人都加班加点，疲惫不堪，回到家里还要哄她，实在熬不住了，天蝎男说："我去单位职工宿舍住一段时间，项目结束再搬回来。"I君不同意，把他所有衣服都藏了起来，甚至拆下了他的手机卡，把他反锁在家里。他说："你别闹了，你怎么能不信任我呢？"I君就哭着说："你不许离开我，你说过要一辈子对我好的。"

　　大吵大闹之后，天蝎男终于拎着简易的行李搬出了筒子楼的小房间，去了单位的集体宿舍。他指天发誓，真的只是想静一静。可是他静不下来。I君每天无数个连环夺命call，恨不得要分分秒秒掌握他的行踪。夸张的时候，她竟然在上班时间溜出来，打车跑到他的办公室，看他究竟在做什么。还有一次也很惊悚，他加班到很晚，需要去隔壁办公室找一位同事，过去的时候才发现，I君竟然在那里吃瓜子上网看电影，他根本不知道她什么时候来的。她睁大眼睛很无辜地说："我想来看看你，但是又不想打扰你工作，所以就在这儿。"他是怎么答的？他说："你是想监视我吧？"现在想来，他很浑蛋，可在当时，他真的要被她逼疯了，说出那样的话再正常不过。他不知道那天她什么时候离开的，因为他再不想看到她。

　　当I君撞见天蝎男和领导女儿在他的宿舍单独相处，虽然他们当时只是在看电视剧，可她却被激怒了。她质问天蝎男是不是不再爱自己了。天蝎男没有否认，他觉得她不再可爱了，觉得和她在一起太累。很多细节 I 君都忘了,但是他的最后一句话她死也不会忘。他说:"趁着我们还没有把彼此折磨死,分手吧。"

然后,就是四年。I 君换了手机号码 QQ 号码,几乎跟所有同学断绝了联系。她不敢面对这种失败的恋情。她先是发了疯似的减肥,然后又拼命做运动,又考研,上班也拿出拼命三郎的架势早来晚走,只为填满心里那个黑洞。偶尔有同学联系到她,提及往事,提到一星半点关于天蝎男的消息,她都果断转移话题,说自己丝毫没有兴趣。

直到后来,I 君经朋友介绍,有了新的男友。很多人都说忘记一段恋情的最好方法就是开始一段新恋情,但是只有当事人才知道,开始那份新恋情有多难。

I 君的新男友很好,简简单单的理工科男生,喜欢看体育频道和新闻频道,爱看动画片傻笑。起初 I 君没觉得他特别好,但是他就像一束阳光,无论她愿不愿意,都有温暖照到她的身上。她感受得到他的热诚,并且逐渐被他感染。当她环顾那间独守了好几年的小单间的时候,她知道,自己必须换一间屋子,重新来过了。

恰好在那个时候,I 君听说了天蝎男的婚讯。新娘就是曾经的女海归。

搬家那天,I 君看着新男友忙前忙后,心里满满的都是感动。但是,这栋破筒子楼真的承载了她太多的记忆。楼下有闹哄哄的菜市场,四季蔬菜的价格比超市还要便宜很多。卖熟食的小店的大锅里永远咕嘟咕嘟地煮着猪头肉和肘子,卖面食的店里则摆着一人多高的大笼屉,里面蒸着白花花的大馒头和香喷喷的花卷,门口还有一个直径差不多半米的大饼铛,里面永远有一张葱花肉饼将要出锅。I君特别爱吃那家的大饼,下班回来称上半斤,切成小块,用牙签插一块放进嘴里一咬,外焦里嫩吱吱冒油,别提多香了。他们住的那栋楼下有一个小小的开水房和一个小公共浴室,公共浴室的锅炉房就在他们房间的下面,所以他们那间小屋子才会在冬天的时候格外暖和。仰头看,能够看到二楼的公用阳台。阳台宽敞,拉了几根铁丝,大家的衣服、床单、被子都往那儿晾。I君最喜欢在大晴天一早起来去抢位置晾被子,晾好之后再回到屋子里睡回笼觉。天蝎男多半像个虾米似的勾着腰缩在毯子里睡得迷迷糊糊,她会挤在他身后睡在床沿儿上,他就转过身来往里面挪一挪,伸出一条胳膊给她枕着,另一只手拉起毯子把她裹起来,带着浓重的鼻音埋怨她:"大周末的不好好睡觉,淘气!"胡楂扎在她的脑门儿上,她用手指挠他下巴,然后被他攥住手,不一会儿就又睡着了⋯⋯

他们曾经那样相爱,怎么走着走着就走散了呢?跟过去斗争了好几年,似乎在这一刻I君才想明白,天蝎男绝情地伤害了她,她又何尝不是摧毁了他对未来的美好幻想。想到动情处,I君决定给天蝎男打个电话。

这么多年过去了,他曾经试着联系过她,都被她拒绝了。I君就在人来人往的路边儿拨打了他的电话,天蝎男很快就接通了。显然,他对那个电话感到意外,支吾半天不知道说什么好。倒是

I君显得大度,说:"听说你要结婚了,恭喜你。"天蝎男长出了一口气才说:"真的谢谢你。"然后又闲扯了几句工作啊近况什么的,I君说她可能不久之后也要结婚了,天蝎男说:"那太好了。到时候要给我喜帖,让我看看哪个小子这么有福气,可以娶到你。"

I君就有点儿哽咽,她很想说,当年你不是像避瘟疫一样飞似的逃离了吗。但是她笑了笑,没说出口。倒是天蝎男犹豫了一下,说:"一直想跟你道歉,没得到机会。今天可以说了。对不起,我没能好好照顾你,没能陪你走到最后,我毁掉了我们的家。"

I君看着忙着帮她搬家的男友正扛着一大摞书往卡车上送,眼眶就有些湿润。她说:"我也要跟你说对不起。那时候我太任性,太急躁,太傲慢。我有很多很多坏脾气。终究是把你吓跑了。"两个人又像初次见面的新朋友一样说了些多联络之类的客套话,然后道了再见。挂上电话的那一刻,I君在心里说:"可是,你有没有想过,我为什么要跟你发脾气,因为我以为你是最爱我的人,你发过誓要一辈子和我在一起,一生一世在一起。我以为你能够包容我的一切,爱我的优点和缺点。因为我的世界里只有你,我想和你好好的,可是,你把我丢下了。我等了你那么久,以为你会回来。可是你没有。"

其实我记得

　　J君的左边耳廓上有一排耳洞，总是戴着一串星星啊月亮啊字母啊之类的耳钉；右手腕静脉处有一个很大的文身，文的是一个男孩的名字。当初面试的时候，领导曾经对她这两处显著特征给予相当恶劣的差评，她说，为了表明我到你们这儿工作的决心，我已经把酒红色的头发染回黑色了，这还不够吗？至于后来J君究竟是怎样应聘成功的，始终没有一个标准答案，每次问她，她都轻描淡写地说："我的专业好吧，而且我也作出了让步，承诺去上班的时候不戴耳钉，并且用手绢把手腕上的文身遮盖起来。"

　　J君生活在东北一个小城市，据说早先不在那里。在J君的爸爸远走他乡的时候怀着孩子的J君妈妈就义无返顾地跋山涉水跟着过来了。

一路的各种艰辛自不必说，J君先天不足差点儿死掉，硬是被她妈妈灌米汤灌活了。所以后来J君经常自嘲说："我就是没有享福的命。"

在J君微弱的童年记忆里，爸爸总是喜欢对她说："丫头你可记着，以后不能跟坏小子乱跑。"

J君刚上小学，她爸就因为打架坐了牢。那事儿当时闹得不小，出了人命，还好属于防卫过当。J君的爸爸虽然进去了，但因为他有几个要好的朋友，在这几个人的扶持下，J君和妈妈相依为命，卖早点摆烟摊，虽然辛苦，但是也还过得去。J君的妈妈不矫情，能吃苦，起早贪黑把家撑起来，虽然老公进去了，但是她一直记得他的交代："千万把姑娘照顾好，再苦不能糟蹋孩子。"有这句叮嘱，J君的妈妈格外宝贝女儿。其实她早就感谢过老天爷，幸好生了个闺女，不至于跟她爸似的成天出去冒险惹事，可以乖乖在家当她的小棉袄。

小棉袄小的时候确实很懂事，每天天不亮就跟着妈妈起床准备早点摊，卖油条豆腐脑馄饨，人还没油锅高呢，就敢蹬着凳子去捞油锅里的油条，晃着小脑袋给客人端过去。通常是每天忙活半天才摘掉油乎乎的小袖套，背上书包去上学。那时候的J君剪着短短的头发，又瘦又小，再加上名字很像男孩，很多人吃过好几次早饭之后才知道她是个女孩子！后来经常有人开玩笑说："小小子又要去上学啦？"她说："嗯哪！"很多年后她已经变成一个美丽的大姑娘，自己回忆起那时候的时光，还傻乎乎地说："那时候我骑个比我还高的自行车满街乱窜,真像个假小子啊!"

假小子又怎样呢,照样有人喜欢!喜欢J君的是学校里的一个小男孩,两家住得不远,隔条街。那时候因为J君身边没爸爸,学校里难免总会个别不懂事儿的孩子笑她是野孩子。

J君稍微懂点事之后就开始反抗,J君当然相信自己不是野孩子,爸爸有多好只有她一个人知道,她也不愿意跟人解释,只知道用力量不足的拳头捍卫自己早熟而敏感的自尊。这样的日子里,她迎来小伙伴的陪伴。

伙伴男比她高一届,逃学捣蛋的事经常干。但是有一样,他看不惯其他坏孩子欺负女孩子。小小的年纪连情窦初开都算不上,他只是远远看到J君被一个男孩子嘲笑,毫不犹豫地冲了上去,威风凛凛地说:"谁再敢找她麻烦,就是跟我过不去。"

有了伙伴男的陪伴,J君的少女时代丰富多彩起来。假小子似的她逐渐意识到自己的性别,开始偷偷在镜子里看自己的脸。有句话说,男生在女生面前更像男生,女生在男生面前更像女生,J君开始身体力行这句话。短头发的假小子渐渐留长了头发,并且琢磨着周末不上课不用穿校服的时候穿什么样的衣服出去玩比较好。偶尔还是会有坏小子到她面前胡说八道,她照样会骄傲地还击。伙伴男会带着哥哥一样的关爱嗔怪她:"有我教训他们呢,女孩子要学会被保护。"

光阴荏苒,依恋会变成好感,陪伴会成为一种习惯。

J君被公认为小美女,中学之后,J君的追随者多了起来,谁都没有发现原本瘦瘦小小野小子似的J君已经出落成眉清目秀的一个小美女。

两个人是在伙伴男初中毕业之后第一次出现岔路的。他成绩不怎么好，顶多上个技校，考个好中专都难。而J君的学习成绩相当不错。

说到这里应该插一句，对于这些年的细心陪伴，J君的妈妈是心里有数的。她一个人带着女儿受了太多常人难以想象的苦。她当然也记得丈夫在监狱里反复强调的话，要把女儿看好，不要学坏。最初知道J君身边总有伙伴男的时候，J君的妈妈也是非常担心的，她很害怕女儿跟着坏孩子变成小太妹，为了这事儿她曾经好长时间都亲自护送J君上学放学。后来接触得多了，她发现伙伴男真的是个很懂事的男孩，他家离她家不远，一大早还会跑到她家的早点摊来帮忙，里里外外能干不少活儿。他对J君很照顾，有他陪她一起走，J君的妈妈能省出不少时间来，渐渐地，她也就默许了他们做好朋友。但是她叮嘱过女儿："不许胡思乱想，要好好读书给爸爸妈妈争口气，你爸爸做了错事，你要是表现不好，妈妈就没脸见你爸爸了。"J君人小心大，这一切都记在了心里。所以，她成绩一直都不错。

J君必须读高中，考大学。她没有别的选择。

一件喜事是，初三的时候，J君的爸爸刑满释放回家了。家里一下子热闹起来。J君说见到爸爸那天，她搂着他脖子转了好几个圈,不想撒手啊高兴得要疯了。

J君的爸爸回家之后重点抓两件事,一件当然是家里的经济建设,另一件就是女儿的学业前途。

仗着自己广阔的朋友关系,J君的爸爸开始做生意,让母女俩过上好日子。但是他更注意女儿的朋友,他当然很快就知道了女儿"早恋"的事,对J君的妈妈大发了一通脾气:"我不是让你管好女儿吗,你怎么能让她跟那种混混在一起呢?"

J君和伙伴男六年朝夕相处,第一次出现了危机。

好在,那个时候,J君的爸爸把更多精力放在做生意上,而且伙伴男上技校,神出鬼没的,出现时间不固定,J君的爸爸就是想干涉他俩也比较费劲儿。所以,J君和伙伴男见面不再像往常那样明目张胆,而是转向地下。通常是J君下晚自习之后,伙伴男就在学校门口等她,把她送回家,但是不敢进她家门了。J君永远忘不了,放学回家那条黑漆漆的马路曾经是她最流连忘返的,下过大雪之后的路面都是冰,滑溜溜的,一不留神就会摔跤,更别提骑自行车了。她和伙伴男各自推着自己的自行车,舍不得骑,因为骑车很快就会到家,在一起的时间就太短了。只好以怕摔跟头为名故意推着车走,两个车把几乎挨在一起。零下十几摄氏度啊,戴着手套连手都不能拉,可是即便隔着又笨又厚的大手套,他在她的后脑勺上轻拍一下,她也会幸福得冒泡泡。

"傻瓜,快回家吧。"

"你才傻瓜呢。"

"好,我傻瓜,快回家吧,太冷了。"

"你先走，我看着你走。"

"你先上楼我再走。"

"不，你先走。"

"听话，你先上楼。"

"你先。"

"你先。"

"我爸来了！"

"啊啊啊，那，我先走了啊！"

冬去春来，J君考上了重点高中。

伙伴男送给J君的升学礼物是一个文身。说来也怪，他从小就是不良少年，文身这种事儿竟然没有去凑热闹，身上除了一小块胎记，完全没有龙啊凤啊匕首之类的彩色大图。

自从看了《甜蜜蜜》，J君总让伙伴男在身上文一个米老鼠，伙伴男摇着脑袋说："那么幼稚，有损形象。"

J君上了重点高中，学习任务更重了，学校要求住校，但是J君的爸爸不同意，坚决让J君的妈妈每晚晚自习之后接女儿放学，有时候他还亲自开车去接。这样一来，J君和伙伴男见面就更难了。

那时候，J君的学校是市里最好的中学，每个人恨不得都上清华北大，不但读书学习拼命，干啥都拼命，中午吃饭也一样，第四节课老师们都很自觉地不拖堂，铃声一响就宣布下课，然后整个教学楼就轰隆隆响起来，千军万马拎着饭盒奔向学校的食堂。据说体育特长生那会儿特占优势，第一个冲进食堂到窗口买饭菜的总是他们。

就是在那样一个疯狂的中午，J君跟其他人一样，下课铃响了就拎着饭盒往外冲，不锈钢的勺子在不锈钢饭盒里叮当作响，可是她刚一冲到楼下，就看到一个人优哉游哉地正站在教学楼门口的柳树底下，闲闲地叼着烟卷，眯着眼睛朝她的方向望。寸头短得几乎能够看到青青的头皮，衬衣白得在太阳底下几乎晃眼，眉眼衬托得更加英俊。他看到她拎着饭盒傻了吧唧地发呆，抬起手来懒洋洋地打招呼："傻瓜，走，带你去吃好吃的！"

虽然隔着很远，还隔着很多往前跑着去打饭的高才生，J君分明看到他露在白衬衣外面的手腕处多了一个文身，在太阳底下亮闪闪的。

J君问他怎么突然幼稚起来了弄个文身在手腕上，伙伴男说："想你了呗。"

J君说："骗人，你都没文我的名字。"

伙伴男就哈哈大笑："你的名字不好，我文身上不是光棍儿就是穷光蛋，还不如文一条闪电照亮我们前进的光明大道。"

J君哈哈大笑追着他打。

没过多久，J君得了盲肠炎，开刀住院好一通遭罪。有J君的爸爸守着，伙伴男又不敢去看她，心急如焚。好不容易盼到她出院了，能上学了，每天中午他都跑去学校看她。学校大部分学生都住校，中午能回宿舍睡个午觉。J君没住校，又觉得中午回家太辛苦，只能在教室里趴在课桌上睡觉。伙伴男就坐在她旁边，伸出一条胳膊给她枕着，一动不动，看着她睡得小脸儿红扑扑口水直流。

在J君的梦里，日子就会一直这么过下去，这完全不是梦境。但是伙伴男比她现实得多，他知道两个人以后会走上完全不一样的道路，那个曾经在早点摊上帮忙的假小子不会一直在这个小城市里吃苦受累，大把的好前程等着她。她会考上一个大城市的好大学，会有一份体面的工作，会有一个温文尔雅的丈夫，而不是嫁给他这个技校毕业之后不知道何去何从的小混混。这样看着她熟睡的机会不多，也许不会再有。

高三那年，J君跟爸妈商量，自己要考电影学院导演系。那时候J君家里的经济状况已经好了很多，她爸爸跟人做生意，很忙很辛苦，但是让母女俩的生活质量提升了几个档次。一个粗人不懂得甜言蜜语，对家人好就是给钱。他进监狱好几年，媳妇没改嫁，还把闺女照顾得很好，他自觉亏欠她们太多，恨不得掏心掏肺。几乎所有J君的决定，她爸爸都是支持的，还不忘记追问一句"钱够花吗"。唯独两件事爸爸是坚决不同意的，第一件就是跟伙伴男谈恋爱，第二件就是考电影学院的导演系。J君的爸爸认定，伙伴男和演艺圈虽然性质不同，但都不好。所以，当J君提出自己要去报名参加电影学院的面试时，J君的爸爸非常果断地就拒绝了，不给任何反驳的机会。

J君血液里的冒险精神被极大地激发了出来，她跟爸爸大吵特吵，一定要去。J君的爸爸急了就说："不要逼我把你锁家里！"

小时候，J君一直都是爸爸的掌上明珠，虽然分开了几年，但是她一直觉得爸爸是世界上最好的人,可是爸爸不但反对她跟心爱的人在一起,还反对她做心爱的事儿,她再也不想做乖乖女了。她找到伙伴男说:"如果你真喜欢我,就带我走吧。"

伙伴男自然是吓了一跳,问清楚原委之后,他想了想,说:"你爸爸说得对。"

J君当即发飙:"我问你到底是不是真心喜欢我,要是真心的,就带我去北京。不管怎样我都得去考一次,就算考不上我也认了。"

在一起这么多年,伙伴男当然知道她的脾气,虽然有他照顾着乍一看像个柔弱的小女生,但是真犯起脾气来那是十头牛都拉不住,她既然说了想去考导演系,那就是一定要去,要是他不跟着,万一她自己跑过去,那该多危险。J君的爸爸固然是为女儿好,但对于这个正处在青春叛逆期的女儿还是不够了解。想了半天,伙伴男点头说:"好,我陪你去。"

那时候伙伴男已经技校毕业。他读的专业是计算机,听起来挺高端,因为那时候电脑还没有像现在这么普及,别说到处宽带WIFI的了,就是连个拨号上网听起来都很高端,一般家庭里还没有电脑呢,即便有也是笨重的386,显示器带个大屁股,显示屏像个鼓出来的球。伙伴男报考的时候当然不知道以后电脑会成为那么普及的东西,他只是觉得这玩意儿新鲜,胡乱学学呗。没想到毕业的时候还成了挺好的专业。那时候听人说起北京中关村卖电脑特别挣钱,伙伴男也有点儿跃跃欲试的意思。他知道自己和J君之间存在巨大差距，也会有来自家庭的巨大阻力，但是，毕竟年轻，谁心里不长草，不期待未来会更好呢？

J君人小鬼大，有了伙伴男撑腰更是胆子大。她跟本校毕业的一个考上电影学院的师兄取得联系，要来了新的招生简章，按照上面写的报名方法开始周密准备。一切都是秘密进行，表面看上去她还是踏踏实实读书的。J君的爸爸看闺女不吵不闹了，以为是怕了他，闺女听话了放弃了当导演的念头，便不再严密监视，还乐呵呵地给了她一大笔零花钱。J君的妈妈还嗔怪了一句："她还上学呢，每天放学按时回家，你给她那么多钱做什么？"J君的爸爸说："姑娘大了，自己愿意买点儿什么就买点儿什么。"J君嘴上抹蜜把爸爸哄得高兴，连着以前攒下的零花钱都放在一起，两眼放光等着去北京交报名费参加考试。

伙伴男那边自然也做了一些准备。他技校毕业了还没怎么正式工作，家境也不是太好。伙伴男找其他小伙伴东拼西凑弄了点儿钱来，无论如何要带着J君去一次北京。谁都知道那是不可能考上的，但是既然她想试试，他愿意陪着她，这就是他能够带给她的最大安慰了。

比起钱方面的准备，时间这件事就难多了。从老家到北京再考试再回去，满打满算都要一个星期，弄不好还不够。想让一个高中生人间蒸发一周，这可不是一件简单的事儿，J君和伙伴男两人商量半天都没个准主意，瞒老师可能还稍微简单些，可是家长要怎么瞒啊，J君不能不回家啊。

该着凑巧，J君的爸爸要到外地出差，刚好就是J君去面试的日子。J君决定，在学校呢就骗老师说自己家里有事请两天假，在家里呢就跟妈妈说好姐妹某某的爸妈去外地进货了，她去做伴。某某是她的闺密，初中起就认识，父母一起做生意，确实有时候会去外地，以前J君去过她家过夜。J君特意跟闺密打好了招呼帮着一起撒谎。那个年纪的孩子很少把事情往坏处想，帮着撒谎当然不成问题。

计划好了之后，J君和伙伴男真就这么干了。

一切天衣无缝，伙伴男订好了火车票，两人真的就背着简单的包赤手空拳去了北京，帮J君圆那个不切实际的导演梦。

后来的J君参加过国内国外各种旅行，坐车坐船坐飞机，没少到处跑，但是再没有过那样幸福的体验。车窗外面是皑皑白雪，转过脸来却能看到最心爱的男孩热腾腾的脸。孩子就是孩子，男欢女爱方面单纯得很，虽说伙伴男总以小混混自居，男女关系方面却把持得紧。他不想让J君早早背上一个坏名声。

这一次，伙伴男和J君肩并肩凑在车窗前看窗外的白雪被抛在身后，心底里隐藏的某些小欲望好像突然被引爆了。这样激动人心的时刻，这样值得纪念的旅程，难道不该做点儿什么事庆祝一下吗？J君先是自己想红了脸，不由自主转身看看身边的伙伴男。他的脸离她那么近，她一转过去，几乎碰到他的脸。两个人几乎同时愣了一下，同时往后闪。

J君给我讲这个情节的时候，不由自主地还用两只手捂了一下自己的脸，一如当年的17岁少女。我清清楚楚记得她是这样说的:"那时候小,都不知道接吻是怎么回事,他傻乎乎的,直愣愣地看了我半天,然后慢慢凑过来,嘴唇才稍微碰了一下,一下子就闪开了,然后两个人就开始对着傻笑!"我追问:"然后呢?"她说:"哈哈,然后,就没有然后了。"她笑得眼角有了细碎的纹路,那时她和伙伴男已经分开十年。

面试没有悬念地失败了,出走的结果也是毫无悬念。

J君和伙伴男失踪的第二天就穿帮了,先是学校里的老师打电话到J君家里问情况,J君的妈妈说她去某某家了,某某被问话的时候老老实实都交代了。当时最重要的是把J君和伙伴男抓回来。J君的妈妈几乎是带着哭腔给外地出差的J君的爸爸打电话,说姑娘跟人跑了。J君的爸爸气得快发疯,生意都顾不上了,电话里问明情况,直接就坐飞机赶去北京找他们。他们是去考试的,所以J君的爸爸没有费太大工夫就找到了这对胆大包天的小屁孩。

J君跟我回忆当年情景的时候是当笑话说的,但是她说第一时间看到她爸出现在眼前的时候真的是吓了一大跳,几乎要晕倒了。伙伴男也是三魂六魄险些不在,虽然他一直觉得是为了J君好,但是J君的爸爸实在太有威慑力,只要往他面前一站,就算有理也会主动矮三分。J君的爸爸气得恨不得扇面前这个愣头小子一耳光,最终还是忍住了,咬牙切齿地说:"回去看我怎么收拾你们俩!"

J君的妈妈原本对伙伴男还是有好感的,这一下彻底翻脸了,她没想到这两个孩子疯狂到这种程度。从时间上算，他们应该在北京住了一夜，住了哪里，怎么住的，究竟发生了什么事。她几乎是发了疯似的带着J君去医院检查身体。

当时的情况真的是鸡飞狗跳，她很难平心静气地跟妈妈爸爸解释那个晚上对她来说有多甜蜜，怒火正盛的爸妈根本不容许她解释。妈妈甚至拉着她去医院做检查，J君气急了就在医院门口就地打滚一边哭一边喊："我们什么都没干！我不去检查！！你要是非要我去检查以后你会后悔的！！！"

他们真的什么也没干。

身上的钱不多，一下火车就被热心的"导游"忽悠了。"导游"问他们要住店吗，要住贵的还是便宜的。伙伴男觉得从安全角度着想应该住好一点的，可是J君说要节省一点，还是住便宜的吧。然后，他们就被送到了一家地下室。80块一晚。

推开门一看，小屋子里只有一张双人床，床尾有个小柜子，上面放着破电视。

服务员开了门之后就离开，留下他俩在小房间里手足无措。电视只有几个频道，坐在床沿上看也怪别扭的。伙伴男还想着会是标准间那样有两个床位，两个人分开睡，没想到说好的标准间只有一张大床。好在地下室并不冷，暖气倒是挺足。J君脱了羽绒服抱在怀里看了几眼电视就说："我困了，我们怎么睡呢？"

伙伴男说："你在床上睡，我不困，我看电视。"

他一边说一边帮她铺床。

J君的妈妈认定女儿出去了一趟必定失了身。可事实上只有J

君自己清楚，伙伴男的小心翼翼一点儿不亚于她。那个晚上很踏实，很温暖。旅途劳顿加上屋子里太暖和，让她脑袋一挨枕头就睡了过去，而伙伴男却坐了一个晚上。

很多年后，J君想到那个晚上，忍不住说："如果遇到的男人能疼她如父，惜她如妹，他有没有成就算得了什么呢？"匡匡有句话，J君一直珍藏于心底："我一生渴望被人收藏好，妥善安放，细心保存。免我惊，免我苦，免我四下流离，免我无枝可依。"J君深信，伙伴男就是那个人。

J君被管束得更加严格了，每天上学放学都得妈妈亲自去送去接，只要J君的爸爸不去应酬，他也会亲自去学校。伙伴男几乎没有靠近她的可能性。J君的爸爸还使出了更狠的招儿，那就是"找家长"。他以一个女儿父亲的身份亲自拜访了伙伴男的家，让他们管教好自己的儿子，别再去带坏他的女儿。

J君在对父亲的怨怼、对伙伴男的思念和对被扼杀的爱情的惆怅中，匆忙又绝望地结束了自己的高中时光。

她期待着远走高飞，考一个很远的学校，一定要离家很远很远，然后让伙伴男跟她一起去，必要的话她可以不上大学了，他们可以一起开个台球厅、卖卖烤香肠什么的。那样的日子不是挺美的吗？所以，J君在报考大学的时候，志愿表上一连串都是南方城市，她跟爸妈说南方气候好学校也都好，其实最重要的是它们离家都远。

可是J君的如意算盘落空了。她的所有志愿都得到了支持，最终她也如愿考到了南方的一所名牌大学,正当她得意扬扬要去给伙伴男报告好消息的时候,J君的爸爸说:"你先过去,爸爸妈妈把家里的生意打理一下,尽快过去那边儿陪你。"

"什么?!"J君顿时就傻了。还能更狠一点儿吗,这是要赶尽杀绝的节奏啊。J君拿出浑身本领跟亲爹抵赖,说什么南方季节潮湿恐怕爸妈适应不了啊,什么生意做得好好的不要半途而废啊,什么四年之后我还是要回东北的,不想长期定居南方啊,她下定决心要把爸妈留在老家。可是J君的爸爸说了:"这些都不用你操心,你只要好好上学听话!"

就这样,J君心不甘情不愿地去了南方读书。

比较安慰的是,高三毕业的那个夏天能够经常跟伙伴男见面。那个时候他已经在本地的一家网吧上班了,做网管,而且跟老板的关系很好。J君学会上网,基本都是在他那家网吧开始的。低头在网上聊几句,抬头看看他就在不远处的收银台那里玩游戏,她觉得人生的幸福莫过于此,还追求什么呢。

但是伙伴男已经比从前理智多了。他会拍着她的脑袋说:"傻姑娘,你都是大学生啦,马上要去大城市见大世面啦,会有更好的生活等着你,会有更好的人爱你。"

J君并没有去认真分析他脸上与年龄不相符的沧桑和忧伤,只是眼睛盯着电脑显示器上的网页一边傻笑一边说:"呸,胡说八道!"

细细回想起来,J君似乎真的没有跟伙伴男告别过,更不曾谈过"分手"这种事。离开家去上大学那天，J君的爸妈都和她一起去了，送行的亲友中没有伙伴男。J君死磨硬泡要给伙伴男打个电话，爸爸就是不同意，最终还是妈妈心软，帮她创造了一个机会跟伙伴男道了声再见。

她给他工作的网吧打电话，说："我走了，你要想我，我会经常上网的，也会常给你写信打电话。"

他在电话那头说："好，乖乖的，好好读书，交男朋友的话别光看长相，要找个对你好的，照顾你的。"

J君骂："你不能跟别人好，要不等我回来收拾你！"伙伴男嗓子有点儿哑，说："好，都听你的。"

这一走，就是三年。

J君的爸爸妈妈真的跟着她去了南方，刚巧她爸爸有个朋友在那边搞运输，拉她爸爸入伙，是个挣钱的好机会，一家子就在那边扎了根。J君就像临别时说的，经常上网，经常写邮件，经常打电话给伙伴男。他总是老样子，叮嘱她要乖，要好好学习，要找个靠谱的男朋友。

后来J君回忆说："也许那次从北京回来之后，他就已经在心里跟我划清了界限，他对我好，总是让着我守着我，不让我着急生气受委屈，所以很多事从来不对我说。但是他心里知道，我们是不可能走在一起的。怪我自己后知后觉，又傻又天真，还以为凭着一腔年少热血能够战胜世间一切阻碍，长大了才知道，年少的爱情太过势单力薄，在时间面前，我们什么都左右不了。"

小女孩J君确实如伙伴男所说,乖乖地,好好读书,慢慢长大,也有了新的男朋友,是正儿八经谈恋爱的那种。各种亲密,也各种争吵。J君的爸爸不再阻拦,觉得那个小伙子斯斯文文的,虽然有点蔫儿,不过还算老实。每次吵架之后,J君都在QQ上跟伙伴男发牢骚,打字嫌太慢就用语音。伙伴男的变化不大,他依旧在网吧上班,依旧理很短的平头,依旧穿白衬衣,依旧抽很多烟。嗓子比以前更哑,说话的时候声音闷闷的,透着股狠劲儿,可是那股狠劲儿到了她面前总是自动转化为柔软。每次她抱怨够了,被他逗笑了,他总是松一口气,说:"这么点儿小事儿犯得上哭鼻子吗?"J君不满足,追问他有没有女朋友,他总是含糊其词说:"有啊,太多了,数不过来。"

读书读到研究生二年级,J君那个斯文秀气的男友和她分手时数落了J君一大堆不是,大致内容如下:"真受不了你那种大小姐脾气,也不知从哪儿来的?怎么说翻脸就翻脸?一不高兴就给我脸色看?就算你爸有钱,也别想在我面前抖威风!"

依照J君的脾气,她真想抡圆了胳膊抽他大嘴巴,她甚至想到给伙伴男打电话,让他过来帮她教训他。可她都放弃了,最终只是给了他一声冷笑:"真没劲,又酸又臭,我怎么鬼迷心窍看上你了呢?"

他们恋爱最甜蜜的时候,有一年冬天,J君和男友以及爸爸妈妈回了一趟东北。J君原本打算带着男友去见伙伴男的,但是他没见。J君还逗他:"你是不是不敢见我男友呀?嫉妒吧?"

伙伴男就说:"当然呀,嫉妒得不行了,我再大度也见不得自己喜欢的姑娘挽着别人胳膊亲热呀!"J君被他逗得哈哈大笑。笑过之后伙伴男说:"我是真有事儿,爸爸住院呢,我走不开。"

跟男友分手之后,J君自己回了趟东北老家。她去见了伙伴男,两个人一起吃了顿饭。那时她才知道,伙伴男的爸爸生病住院花了很多钱,拖了好久。原本伙伴男打算辞掉工作去南方找她的,但是家里实在离不开他。网吧老板对他不错,给他涨了工资,还借给他不少救命钱。

聊这些往事的时候两个人都很平静,某个瞬间,J君甚至有些庆幸,自己真的是长大了,可以理智地处理好这些陈年旧事,可以让自己美好而甜蜜的初恋不带眼泪地落幕。比起那些撕心裂肺的分手故事来,她也许是幸运的。

后来饭吃完了,站起来要往外走,J君说:"要是我到30岁还嫁不出去,你要娶我!"她是在开玩笑,他却没听懂。他愣了愣,轻轻蹙了一下眉,向她伸出手说:"过来,让哥抱一下。有六年没抱过你了吧。"

被伙伴男轻轻揽在怀里的时候,J君激动得想哭。她要的很简单,就是这样一个温暖的拥抱,为什么就是得不到呢?她决定收回先前那个笑话,很认真地说:"我没开玩笑,我嫁不出去了,我脾气不好,没人要我。你必须得娶我!只有你对我最好!"

然后她听到伙伴男在她耳边轻轻叹了口气:"傻孩子,净说傻话,你那么好,怎么会嫁不出去呢?可是我不行呀,我配不上你。"这一句,J君死死抓住他的衣襟,号啕大哭。

多少年了，J君一直心底默念那一句："我一生渴望被人收藏好，妥善安放，细心保存。免我惊，免我苦，免我四下流离，免我无枝可依。"只是她已知晓，那句话还有后半句："但那人，我知，我一直知，他永不会来。"

花好月圆

读研究生的时候我们寝室四个人分属四个不同的院系研究所，除了我，她们三个人都有过工作经验，而我属于除了吃喝玩乐做大头梦甚至比其他的应届毕业生还弱智不长心，所以在人情世故方面她们都明显比我老练得多，而 K 君又是那三个人中最为突出的。

那时候她动不动就尖着嗓子给我上课："读研究生的意义在于什么？人脉！人脉好，你毕业就容易得多，毕业之后的去向也好得多！"我就不明白，不是写论文发文章就可以毕业了吗？她就很鄙视地说："当然要跟着导师在核心期刊上面发文章咯！"

我们四个人凑到新的宿舍，新朋友，难免就爱说道各自的男友什么的。清楚记得开学第一天进宿舍的时候，K 君是有人送来的，除了拎着大包小包的行李，还很细心地带了蚊帐、电蚊香、花露水等。那会儿我对男朋友的判定还只是穿着牛仔裤T恤衫会打篮球会臭贫的大男孩，K君的男友着实让我大吃一惊。他看上去很老成，虽然仔细看脸的话是一个男孩的脸，但是因为身材壮硕，九月份了穿的竟然是黑色长裤、皮鞋和白色衬衣，看上去至少老五六岁。

衬衣男的身份让我们想入非非，我觉得是做销售的，另一女孩觉得是小老板，还有一女孩猜测是小职员。衬衣男和K君同样是湖北口音，但是腔调挺柔和、很小，和K君的尖嗓子比起来甚至说得上温柔。我们都觉得她跟男友感情肯定很好，因为他看起来貌似不会凶。

熄灯之后闲聊，K君说："我们认识很多年啦，我以前在武汉工作的时候认识的他。他是苦孩子出身，没什么像样的文凭，专科毕业就开始卖电脑，后来有了自己的店。"

听到这样的励志故事我特别容易热血沸腾，在上铺上手舞足蹈就说："哎呀你有眼光呢，找对象就得找这样的，多能干呀，多爷们儿呀！"

但是K君只是叹气："好什么好啊，穷啊。现在电脑生意竞争多激烈你们不知道。他说是做生意，其实也没攒下什么钱。我们在武汉买的房子只有一点点大。"K君说着在空气里用两只手画了个圈儿，好像房子真的只有那么一点点大似的。她说："这次我读研究生的钱是他给我出的，他说养我三年。可是养我三年有什么用呢，又养不了我一辈子！"

K君从入学那天起就开始为了卖电脑努力奔走，她先是动员所有要配电脑、换电脑的同学都去她男友的店里。后来K君就开始努力地找兼职,出去代课什么的。

话说在她兼职的成人培训中心有个开跑车的男人不知道怎么就迷上了K君。他只上K君的课,上课就来,下课就走,每次上课都要送一大束K君最爱的香水百合给她。起初K君带花回来还开玩笑说:"学生还挺有心的,居然查到了我的生日送花给我!"后来我们发现K老师的生日也过得太频繁了,寝室都要变成花店了,我们已经被香水百合熏出过敏性鼻炎了。

终于不再送花了,纨绔男开始送别的礼物,小到巧克力,大到裙子包包。K君起初说是衬衣男送的,后来连她自己都觉得恋爱多年的男友这么频繁地送礼物已经不合逻辑了,干脆就跟室友们坦白:"有个男人说他喜欢我呀。可我是他的老师呀,我有男朋友呀。他怎么可以喜欢我呢?"

我们都问:"你喜欢他吗?"K君就红了脸,说:"可是我是他老师呀,我有男朋友呀!"避免正面回答问题,这事儿比较严重了。

K君的目标很明确,读研究生,积累更多的人脉,追求更好的前程,实现更好的自己。可是衬衣男在她心中是怎样的位置呢?私底下K君不是没有感慨过,衬衣男对她真的"很好"。她享受了小女孩幻想的各种浪漫。在K君的心目中,只要一个男人愿意给她花钱,就是对她好。

在这件事上,我们曾经有过小小的争执。因为我虽然不是清高不贪钱的人，但是我一直觉得感情是第一位的，如果两个人在一起很快乐很开心，花不花钱并不是最重要的，即便是呆坐在咖啡馆里对着傻笑也甜蜜无比。但是 K 君反驳："难道呆坐在咖啡馆里就不用花钱吗？"

我也毒舌地问过 K 君："如果衬衣男赶上不顺，谁都知道做生意是有风险的，那你怎么办呢？他要是有一天没钱给你花了，你怎么办，要离开他吗？"

我很期待 K 君心软地回一句："毕竟他对我好过，我可以陪他吃苦！"

但是 K 君没有。她回答："他是男人，他必须挣钱。"

那时候衬衣男的生意还真的很不景气，个人电脑越来越便宜，给人组装电脑根本赚不到什么钱。衬衣男的店面租金又越来越贵。种种不利因素赶在一起，衬衣男有了退缩的打算。他说："以后再慢慢挣钱换大房子，买好车。"K 君就跟他吵架："你怎么这么没长进的，一点儿上进心都没有。买的房子是二手的，车子是二手的，我老家亲戚来我都不好意思让他们看我的房子我的车！现在你好歹还有个生意，关了店你做什么？连个学历都没有！"

后来单独相处的时候，我劝 K 君："你不用对他那么凶吧。你也知道他是个上进的人，家里经济条件不好，一点儿都帮不上他，他自强自立才走到今天，还供你读研究生，你不该那样说他。"

K 君就抹了眼泪，说："我焦虑，我特别焦虑，你理解不了。我是要嫁给他呀，可是他连最基本的安稳生活都给不了我，我怎么能安心嫁他？"

我说："你们不是有个小房子了吗，先住着呗，以后再说。"

K君就笑："以后怎样谁说得清呢？还是把握眼前最重要。"

什么是眼前呢？追求她的纨绔男？说实话，有那么一阵子，我真的很不喜欢K君。她怎么那么贪钱呢。

在被纨绔男追求的日子里，K君沉寂了许久的少女心复苏了。她好久没有被宠着、哄着的感觉了，好久没有收到礼物惊讶兴奋的那种虚荣了。她丝毫不掩饰自己的心情："这种感觉蛮好啊！我也没有做什么对不起男友的事，是人家追求我，我也没有办法！"我们忍不住问："你要跟衬衣男分手吗？"她说："不知道。要是他一直没什么长进，我就真的对他失望了。"

衬衣男自然也知道学校里有人在追求K君，他表现得很淡定。那段时间宿舍里三个人都在热恋，每天发短信打电话约会腻来腻去，这种氛围极大限度地为K君心中的草浇了水施了肥。衬衣男的生意每况愈下，K君帮他张罗了几单比较大的生意都没谈成，这件事成了他俩之间的导火索，K君每天在宿舍里就是打电话骂他没用，若是不打电话，就会唠叨找了一个没钱的男友有多难。

记得某天我正缩在电脑前在网上跟男朋友腻歪，咧着大嘴傻笑的样子估计是让K君惆怅了。我清楚记得她端了杯水站在我身边，看了我一会儿，叹口气说："看你甜蜜的哟，人都变漂亮了。年轻人真是有激情啊，看个帖子都能乐成那样。你们俩怎么不出去玩玩呢？"我说我俩都宅。K君就又嘀咕："总在屋里怎么行，要多出去走走，多结交些朋友。"

我以为她又要唠叨衬衣男那失败的生意，就没接话。可是，跟平时相反，K君用很惆怅的语气说："你可能想不到，很多时候我都焦虑得想死。"

她焦虑我是知道的，但是真想不出她会想死，她有大把的好日子要过呢！于是我就问："干吗想死呢？你男友好歹也算有车有房，追求你的男人还有跑车有豪宅，你怎么都比很多人幸福一千倍。你是得到的爱太多了，不知道爱谁吧。"

K君没嫌我刻薄，倒是流露出前所未有的哀怨语气，她说："我想留校，但是太难了，基本就没希望。我真发愁。"

她是在为她和衬衣男共同的未来焦虑，那种忧心不是装出来的。看到过很多男生抱怨自己的女朋友爱钱、嫌贫爱富、羡慕别人有钱。其实我很想说，那些嘴上说着"你怎么不努力挣钱"的女孩，真的不一定就是在嫌弃身边的男孩没钱，绝大多数女孩都清楚知道不劳而获是不实际的，她抱怨几句之后还是会付出努力，和男友一起挣钱，一起创造更好的未来。

那天的谈话之后，我开始喜欢K君了，喜欢她的直白和坦荡，喜欢她的未雨绸缪。但是她和追求她的纨绔男的暧昧不清还是让我有点儿不舒服。

一天晚上我们正在宿舍扯淡，已经很晚了，要关灯睡觉了，衬衣男突然打来电话说："我摔跤了，你快来扶我一把。"

K君一下子就听出了他的酒意，猜到他是喝多了气不打一处来,尖着嗓子骂起来:"又出去喝酒了?跟谁?怎么又是他呀,不是生意没谈成吗?……别跟我解释。你喝多了酒摔了跤,让我出去找你。你也好意思说!"K君气急了就想挂电话,然后衬衣男说:"我动不了了,下天桥的时候滚下来了,在路边。你来接我。"

K君生气又担心,问清楚了是哪个天桥,赶紧穿衣服出去。那会儿已经很晚了,又是大冬天。我们完全预料不到衬衣男那边的状况,只是觉得K君一个人出去太冷又不安全,还建议她说实在不行就让120去接他好了。K君说:"不行,还是我去看看。"一边出门一边还在埋怨,"这么大人了做事不过脑子,酒喝多了摔跤,看我怎么骂他!"

然而,等她在寒冬的深夜看到摔在路边的衬衣男的时候,别说骂,真是有泪都哭不出了。

K君按照衬衣男说的,到指定的天桥下面找到了他。衬衣男还保持着打电话的姿势,仰面朝天躺在天桥台阶下面。他是喝多了酒踩错了楼梯滚下来的,他个子高,挺魁梧,这么摔一下可是不得了。K君只道他是摔断了胳膊摔折了腿,故意赖在那里骗她同情。所以她大老远看见他就开始埋怨:"这么大人了还这么让人不省心,摔了跟头不知道先坐起来,在那里躺着,不怕着凉!"衬衣男撇着嘴挤出了一个笑容,还嘴硬说:"我就知道你不会不管我!"

天已经很晚了,原本冬天就冷,行人稀少,更不会有人去搭理一个翻滚在路边的醉汉。K君想把衬衣男扶起来,一边动手还一边埋怨他,可是衬衣男哼哼了一声说:"亲爱的,我动不了了。"

直到这时 K 君才发觉衬衣男有点儿不对。虽然平时他也会像小孩子似的撒娇耍赖或者生病时故意不吃药哄她关注,但是这一次他真的不是摔了一跤这么简单。他真的动不了了。

K 君害怕了,巨大的恐惧笼罩着她的心,她几乎是带了哭腔问他:"你哪儿疼啊,告诉我,你到底伤到哪儿了?"

衬衣男说:"我也不知道伤哪儿了。我哪儿都不疼。可我就是动不了。"

我们是很多天之后才知道衬衣男的伤势的。现在想起来,说不清是我们当时太天真,太冷漠,还是怎么的,反正谁都没想着去给 K 君打个电话问一下衬衣男伤得重不重,K 君是怎样把他送进医院的。我们简单地认为,不就是一个人喝醉了然后摔了一跤吗,就算受点儿伤去医院就可以了,再不济打 120 也能送到了。或许是因为年轻,没有经历过大的事故,所以不知道"意外"这两个字会有怎样的重量,能把人压垮到什么程度。总觉得什么绝症啊失忆啊车祸啊都是编剧们编出来骗大家眼泪的,真正的坏事降临不到我们身边。

这些糟糕透顶的理由让我们在那段时间里忽视了 K 君的感受,甚至压根儿就没在这件事上花费一丁点儿心思。很多天后,我们看到 K 君瘦得尖成锥子的脸,才意识到问题的严重性。

K 君回寝室取一个存折。那个存折她一直没动过,是研究生津贴,每个月两百多块。在她看来那都是"小钱",取出来也没什么用处,所以领到存折之后干脆就往抽屉里一丢,不去碰。这次她回宿舍,是要把这笔钱用上。她原本就不胖,在医院照顾了衬衣男忙前忙后废寝忘食,整个人都瘦得脱了形。我们问:"衬衣男伤哪儿了?"K君眼睛红红的,却不再有眼泪,只是简单说:"脊椎。"

听到"脊椎"两个字,寝室里所有人的脊背都出了层冷汗。有一个小伙伴是学生物的并且是医学世家出身,马上问:"啊!脊椎!他不会……瘫痪吧?"

我们的心扑通扑通跳到嗓子眼儿,希望K君说"不会"。可是K君没有说。她说:"有可能。"

我的心揪得更紧了,全部心思都集中在"天哪!万一男朋友瘫痪了该怎么办",K君却已经转换了思路。

"我现在要帮他转院。我的钱不够。我们俩的钱加在一起也不够。我们所有的信用卡也都透支到最大限额了。我回来取这个。"K君拿着那张一直没动过的学生津贴存折,"以前总抱怨每个月只有这么一点点,想不到这么长时间存下来,也是一大笔钱呢。"

我心里五味杂陈,真是不知道说什么好。我好想说"我这里有钱你先拿去用",可惜事实情况是我确实有一点钱可是对她来说只能算是杯水车薪。

K君又说:"刚才上楼的时候宿舍楼下面在办信用卡,那个银行的我还没有,我办了一张。信用额还蛮高的,还可以借一点出来。"这个时候的K君脸上丝毫没有哀伤的神色,倒是显出比平时更多的机智。

另一个室友问:"衬衣男没买保险吗?保险公司应该可以赔偿呀。"

K君说:"他没买。"

衬衣男的脊椎错位,差一点儿就半身不遂,最后大手术,捡回一条命。其间都是K君不辞辛苦地在照料他。她透支了无数张银行卡,借了好几个朋友的钱,差一点就把他们的那间小房子抵押出去。衬衣男说:"房子不能抵押出去,那是我买给你的,好歹以后你毕业了可以住。要是我瘫痪了,就让我爸妈把我接回老家去,你别等我。"K君狠狠地戳他脑门儿骂他:"说你没用你就没用!不就做个手术吗,怕成这样。我都没嫌弃你残废呢,你还好意思交代后事。那个破房子别留给我,要住你自己住,我嫌小,我得住大的!不换大房子你休想娶我过门!"

她给培训中心的领导软磨硬泡说好话,多讲两门课挣课时费,却没有直接向纨绔男伸手。倒是那个男人听说了K君的事,主动问她:"钱够不够?我可以先借你的。放心我不是落井下石想趁火打劫你,我纯粹只是想帮你。看你,这阵子瘦了很多,讲课的声音都是哑的。"

困境中的K君是那么渴望老天伸出一只手来帮她搞定一切,外表强悍的她内心深处终究是住着一个柔弱的小女孩,当遇到更强悍的人时那个小女孩跳出来很想依靠过去。但是关键时刻K君还是忍住了。她很坦率地说:"我是一个不太有安全感的女人,所以我总是要求他和我一样努力上进。但这不代表我不爱他。而且我绝对不能在这样的时刻离开他。如果他能恢复到从前的样子，健健康康地创一番事业，并且不再爱我，我会离开。如果他不能恢复到从前的样子，一直躺在床上，我会在小房子里一直伺候他。因为那是他给我买的，房产证上是我的名字，那是他想跟我结婚的房子，我们拿到房子钥匙的时候曾许诺要幸福快乐地过一生。所以，谢谢你的好意，让我知道最后还是有人帮我的，但是我不能接受。"

后来我们很少见到 K 君，为了时间方便她不在宿舍住了。她不是在外面上课就是在医院照顾衬衣男，偶尔都有课的时候在校园里面碰一面，约她一起吃饭，她都是匆匆忙忙说"下次吧"，然后一阵风似的离开。她更瘦了，像一只精致的可乐瓶，高跟鞋哒哒哒地敲在校园的水泥路面上，非常有节奏。

看着她的背影我想，我要是变成男人会不会喜欢这样的女生呢？有些姑娘，最初打交道的时候可能会被她的强势吓到，可能会因为她太精明世故而不愿亲近，可能会担心她功利心过重心存戒备，但是相处久了或是真的遇到事情了才发现，她的身上真的有太多闪光点，这是习惯于做米虫、做鸵鸟的我应该学习的。无论是学习也好，工作也好，恋爱也好，总会遇到各种麻烦，没有任何事是一帆风顺的。

看到 K 君精瘦的背影一直走向学校的大门，我忍不住会骂自己没出息：要是自己碰到这么大的事儿，早缩起来哀怨去了。

但是 K 君没有，她迎着困难，藏起眼泪，勇敢地走了下去。

接下来就都是好消息，衬衣男的手术很成功，身体康复得很快。在K君的悉心照料下，到了我们毕业的时候，衬衣男已经可以穿着笔挺的白衬衣拎着相机为我们拍毕业照了。那会儿学位服在手，有伴侣的自然少不了合照，都甜蜜得很。只有衬衣男不能大动干戈。他的身体里还有钢钉，好像是用来加固脊柱的。他不能用力，不能把K君抱起来——哪怕她轻得像一只小鸡。后来他们就简单地在K君的学院门口照了张合影，K君像哈利·波特似的穿着大黑袍子，小鸟依人地挽着衬衣男粗壮的手臂，笑颜如花——其实只有我们才知道，她一边笑一边在骂他："嘴咧那么大干什么？丑死了傻死了！"然后衬衣男笑哈哈地说："我媳妇儿是硕士了，我骄傲啊！"

K君凭着自己的魄力在众多竞争者中脱颖而出，去了一所还不错的大学教书，并兼读在职博士。衬衣男没有吃闲饭，身体好利落了就得努力挣钱，毕竟为了治病他欠了太多债。K君没再说分手的事，追求她的人始终不少，她却没再动离开的念头。她说："每次看到他后背上蜈蚣一样的疤，就觉得我的心已经被缝了进去。"他们的女儿很漂亮，虽然一家三口仍旧住着小房子，但是吵吵闹闹很温馨。

当我们一起走过

L君的恋情始于一场球赛。

L君是个腼腆害羞、性格内向、除了闷头学习之外什么都不懂的胖姑娘。如果说前面三个修饰语对于一个姑娘来说并非贬义，那么"胖"字的出现真的让她的桃花运多了好几分坎坷。

L君带着比较端正的态度度过了孤单的青春期。她知道自己不漂亮，但是这并不妨碍她有一颗漂亮的内心。唐诗宋词随便一首她都能吟得有滋有味，一手行楷写得潇潇洒洒，多少年来语文老师都会让她在黑板上写板书，让全班同学照着抄。

女生之间聊心事的时候大家猜测L君会喜欢什么样的男生，大家都觉得她会喜欢那种才华横溢的才子型。L君笑着不作声，其实她也是少女心，也喜欢帅哥，才华固然诱人，却没有身高和脸蛋来得直观，这个谁都明白。但是她不敢说出来。

进入大学之后，L君在篮球赛上注意到三分男。她对篮球是外行，但因为是集体活动全体女生必须都去摇旗呐喊，她就站在一边看热闹。三分男的过人带球上篮动作超帅，轻而易举就成为女生关注的焦点。L君也不例外。其实在此之前她并没有过多关注过三分男，因为她不是花痴。即便因为她入校成绩第一名，所以被班主任任命为班长，但她也并没有很快记住所有人的名字。一直到这次篮球赛，她才算彻底记住了他。

球赛间隙叽叽喳喳围着篮球明星说这说那永远是活泼小女孩的专利，L君从小到大都没这样做过。她看到院系里很多漂亮女生都在三分男身边说说笑笑，觉得自己根本没有资格挤过去。只有在考场上L君才有做主角的机会，其他时间段她都会默认小透明——哦，不，是大透明，因为她胖。

就在她保持一定距离远观帅哥的时候，三分男竟然越过人群对她喊了一句："班长，怎么不过来给我打打气！"腼腆的L君竟然觉得天旋地转，紧张得透不过气来。

学习力惊人的L君很快掌握了篮球比赛的所有规则，成为场边所有欢呼雀跃的女生中真正看得懂篮球的少数分子之一。她甚至在体育课选修的时候选了篮球，自嘲说健美操和体能素质都不适合她。实际上她只是希望每次打篮球的时候可以想象三分男潇洒地三步上篮的样子，幻想自己突然精进的球技可以让他惊叹一下下。

女汉子是怎样炼成的？当一个女孩久久盼望的男生不出现，

她自己会不自觉地变成那样。当一个女孩久久盼望的男生终于出现了却不喜欢她，她还是会不自觉地变成那样，然后向他靠近。L君是典型的这样的女生。

　　果然，以练球为名，L君和三分男接触的机会明显增多了。那个学习期的体育课恰好是上午三四节，下课之后爱玩的人都会在球场上多逗留一阵子，玩点人多时候玩不开的花样动作什么的。三分男总爱在那个时候扮演流川枫玩酷耍帅，胖乎乎的L君自然学不会他的动作，但是她三分上篮的样子已经比其他女生潇洒很多。那时候三分男经常甩一甩额前的汗珠，笑得露出洁白的牙齿说："班长，看不出来，你也是高手呢！"L君就有点儿乱方寸，慌乱笑说："我是偷着练习的，考试要考投篮，我担心考不过。"

　　三分男笑起来的样子阳光灿烂，他说："那我陪你一起练啊，看咱们谁进得多！"

　　少女心尘封了好多年的L君忽然就看见呼啦啦无数只白鸽逆光飞翔在蓝天下，分不清那里面哪一只是天使丘比特。

　　三分男不是大话精，他说到做到，果然陪着L君练球。当然也不止他们两个，还有三分男同寝室的两个哥们儿。这个三加一的组合越来越多地活跃在学校那片篮球场上，体育课后，或者是晚自习后。

　　很多年后，L君回忆起那段练球的时光，脸上都挂着月光一样皎洁的笑容。她站在罚分线后面，一只手高高托起篮球，另一只手在篮球后面用力把它丢出去。三分男就站在她身后，帮她纠正手腕和小臂的位置以及用力点，他的个子很高，下巴会不经意地碰到她的头顶，说话的时候胸腔嗡嗡嗡地像一个音响，嗓音低沉却很悦耳。他说："记得，是手臂用力，而不是手腕。瞄准上面边框的线，球会反弹到筐里。"他还说："笨笨，不要急着投空心啊，你的力度还不够。""你物理学得好啊，记得丢出一道抛物线就好了！"

L君把自己的手臂稳了又稳，心静了又静，鼓足勇气，抛出一道美丽的抛物线，球稳稳进入篮筐。三分男惊叹："好厉害啊！"L君回头，看到他弯弯的笑眼，整个人几乎要醉在那月色里。如果你年轻过，一定知道这事儿有多严重。

那时候很多人还喜欢写信。L君高中时候品学兼优，所以她的朋友不少，信也不少。

三分男热心肠，最喜欢每天拿着钥匙去开班级的信箱，几乎每天都有L君的信。每次三分男拿着信乐呵呵地递给L君，都不忘记说："男朋友吧，这么殷勤地贴邮票！"L君的胖脸红得像个西红柿，憨憨一笑说："不是，都是好朋友！"三分男说："以后我也给你写信！"多嘴的一起打篮球的伙伴在一旁支嘴："情书吧！"三分男拍他脑袋："走开，别乱说！"

L君觉得老天真是厚爱自己。那么帅的男孩，全学院女生都倾慕的男孩，怎么会跟她说这么多话呢。他当然不会给她写情书啊，但是她不奢求那么多，她觉得只要他们一直能像现在这样做朋友，一直有说有笑，能够打球之后一起擦着汗去喝冰冻可乐去吃炸酱面，就很好啦。

有一阵子，L君的信少了，甚至很多天才有一封。三分男就在上专业课的时候坐在她后排的位置,问她:"最近怎么信少了?"

L君说:"很正常啊,大学的新鲜劲儿过了,大家写得少了呗。"

三分男就逗她:"还以为你失恋了。"

L君也趁机开玩笑:"你不是说你会给我写信吗?信呢?"

三分男撇撇嘴说:"上课!"

快下课的时候,三分男揪一揪L君的马尾辫,然后把个什么东西塞进了她连帽衫的帽子里。

L君回头瞥他一眼,他诡笑。

L君拿出那个东西看,竟然是个手工做的小信封。上面精巧地画着邮票,还画了邮政局的章。收信人写的是L君。

L君打开信封看,里面有信。信纸上歪七扭八地写着:"晚上一起打球啊,比赛三步上篮,输了的请喝汽水。"

L君低头笑,又怕别人看到她在笑。那感觉好奇妙。

班上很快有了两条绯闻,一个是关于三分男的,另一个也是关于三分男的。

第一条绯闻说,L君喜欢三分男,很喜欢很喜欢,为了他才选了篮球选修课并且苦练三分球技。第二条绯闻说,班上另一个女生喜欢三分男,很喜欢很喜欢,每天晚上给三分男打电话一打就打到凌晨两三点钟。

对于第一条绯闻,L君有些手足无措,因为这几乎不能算作绯闻,简直就是她的内心表达。而对于第二条,L君几乎方寸大乱。她早知道喜欢三分男的女生多,但是如此大胆表白的人竟然这么快出现，是她始料不及的。而且她相信，三分男必定有意于她，否则不可能通电话那么久。

L君开始留意观察那个女生。她真的很好看，而且，不知道是不是因为恋爱的缘故，她似乎比以前更好看了。L君很不情愿地相信，她和三分男几乎是天造地设的一对。而她自己，打了那么久篮球，除了饭量大增人更粗壮之外，几乎没有任何变成凤凰的迹象。L君默默地承认，自己只能当绯闻一中的暗恋女主角了。

经常一起打篮球的三分男的室友偷偷对L君说："你怎么那么傻啊！"

L君不明白自己傻在哪里。

室友说："你读书读傻了，智商太高情商太低。"

L君就更晕了，自己怎么就情商低了。

室友说："某某某追求三分男追得可紧了，成天往我们寝室打电话，我都烦了。"

L君假装大方地笑："这跟我有什么关系。"

室友恨铁不成钢："再这么下去你可能就没有机会啦！"

L君苦笑，好像她曾有过机会似的。如果说比赛三步上篮或者专业课成绩，她有信心跟三分男比肩，可是，若说变成一对恋人，三分男还是会选某某某的吧。有哪个男生不喜欢小鸟依人？

就在L君自我贬值的时候，三分男主动约她吃了一次饭。这是第一次两个人一起吃饭，L君紧张得不行。那会儿已经入夏，小店开始有炒田螺卖。三分男买了一大份炒田螺，两瓶啤酒，笑问L君："咱们一起干一杯？"L君男孩子一样大大咧咧笑说："好啊，三步上篮不输给你，喝酒也不会！"

L君喝得豪迈，三分男也觉得前所未有的敞亮。他说："班长，你哪一点都好，唯独不够勇敢。"

L君紧张得不行，问："什么意思？"

三分男想了半天说："呵呵，也没什么，我是巨蟹座，可能想多了。"

L君顿时哑口无言。巨蟹座怎样？为什么巨蟹座就想多了？她多希望自己真的是百科全书，一下子明白三分男的意思。可惜她不懂。她只能傻呆呆地捧着啤酒问："巨蟹怎么了？"

三分男笑笑说："没什么。就是谨小慎微，恋家。"

L君也笑了。她只能用笑来掩饰自己的无助，她想不出怎样回应这个自己喜欢的男孩。他批评她不够勇敢，难道是希望她勇敢一些追求他？像那个整夜给他打电话的女孩一样？

吃到最后下起了小雨，一直到很晚，雨没有停的趋势。L君说："太晚了宿舍要关门了，我们跑回去吧。"三分男似乎觉得这个晚上不会有他想听到的那句话了，点头说好。两个人一起跑进了夏日细雨里。

很多年后L君还记得那个晚上，雨不大，扫在脸上很舒服，淋在她的头发上像是有一只柔软的手在拍她的头。她从那个时候开始决定把剪了多年的短发留长。她想，若是她有一头飘逸的长发在细雨中和心爱的男孩一起跑步会更浪漫。

L君的宿舍楼先到了，她问三分男："要不要我去给你拿把伞？"

　　三分男的短短的头发已经湿透了，他抹了一把脸上的水珠潇洒地一甩，说："不用！"然后抬手拍了一下她的头说，"赶紧上楼洗个热水澡吧，要不会感冒的！"L君的心咚咚咚狂跳了几下，却只嗯了一声，然后转身上楼。

　　走了几步，三分男在她身后叫了她一声。

　　L君回头看他，他在细雨中挥了挥手说："以后我们还是好哥们儿！"

　　"哦。"L君深吸了一口气，憋住眼眶里的泪水，努力给他一个大大的微笑说，"好！"

　　后面的日子里，三分男和那个擅长打电话的女孩公开了恋情，每天如胶似漆，甜得蜜糖一般。上课的时候两人坐在一起，迟到一起，早退一起，午饭一起，晚饭一起。打球的时候女生帮他拎外套拿矿泉水，下课之后三分男会帮她拎着包等她去洗手间。

　　偶尔，L君和三分男以及他的室友还是会一起打球，但是打球之后不再有机会一起吃饭，三分男会第一时间被女友叫走。

　　室友替L君不平："我一直以为你们俩才是一对啊，他不是约你去吃饭了吗，你们怎么谈的？"

　　L君就有些失神地说："也许我们星座不合吧，呵呵，做哥们儿会比较好。"

　　室友就说："这和星座有什么关系？"

　　L君笑得有些苦，是啊，如果一个男生喜欢你，不管火星还是水星都会喜欢你，不管巨蟹还是狮子都会喜欢你。但是L君没有说出来。

看着自己喜欢的人跟另一个人在你眼前晃来晃去柔情蜜意视你如尘埃。我要暴饮暴食好几碗米饭，但是 L 君比我强得多，她开始节食。她并没有责怪三分男的薄情，更没有哀叹自己很可怜，她照旧上课、打球、泡图书馆，照旧占据班里学霸的位置，拿奖学金，参加学生会活动，丰盛而壮烈地享受自己的大学生活。正如三分男说的，她是一个好哥们儿。

L 君有一个千金难换的好性格，她大方，不矫情，能吃苦，几乎跟所有人打成一片。因为知道自己不是美女，就没有那些所谓的公主病。无论什么人找她帮什么忙，她都会爽快地答应下来。各种活动只要有她参加就有欢笑，她的成绩总是好得让人羡慕不已。

L 君不是没有伤心过。有时上课，三分男和女友就坐在她的身后，说说笑笑，嘀嘀咕咕。恍惚间，L 君会想起书信往来很多的那些日子，三分男每次拿信给她都会说"你的信件好多啊！我也给你写一封"。他给她写的"信"她小心翼翼收在一个精美的盒子里，压在所有心爱小物的最下面，就像童年物资匮乏时久久不忍去吃的一粒糖果。

那个坐在她身后，递给她一封手写的带着手绘邮戳的男孩，不再有。

毕业时，L 君保送到顶级学府去念硕博连读。
三分男考研失败。

三分男的女友回了老家，跟他分开了。

L君离开前，三分男说请她单独吃个饭。L君同意了。他们又去了当年一起吃炒田螺的小馆子，盛夏，正是吃田螺的旺季。三分男又点了大份炒田螺和冰镇啤酒。

他和当初没有什么变化，依旧是瘦瘦高高的帅，干净利落的平头，牛仔裤T恤，大男孩的样子。L君的变化才大，她变得窈窕，留了长发，还穿了以前没穿过的长裙子。

三分男开玩笑说："哥们儿你变化好大！"

L君说："这要谢谢你。如果不是你跟我聊星座，我都不知道自己是个天秤座，不知道自己的星座很优雅，很浪漫，很聪明，很讨人喜欢。以前我一直觉得自己很没用，看了星座之后居然找到了另一种活法。"

三分男哈哈大笑："学霸就是学霸，看什么都会变成专家。所以我一直很敬佩你！干一杯！"

L君豪爽地跟他碰杯。她终于明确了他们之间的定位，他敬佩她。她的所有想跟他比肩而立的努力，换来的不过是他的敬而远之。虽然从来没有正面询问过，但是L君早就听说，三分男和女友分手时相当狼狈，女友狠命责怪他："你怎么这么没用，成天就知道打球玩游戏，考研考不上，我跟你在一起看不到未来！"

L君不希望三分男难过，所以不想过多安慰，只是满满倒了一杯酒说："巨蟹座都是恋家的好男人，兄弟这一走不知道哪年再相见，提前祝你找到好工作，找到好老婆！"

那一晚说了很多话，L君知道，自己很想一直这样聊下去，聊下去。她最美好的爱情虽然绽放在绝望里，可她依然无比珍视它。

可惜天下没有不散的宴席，田螺再美味也有吃完的时候，冰镇啤酒再爽口也有喝醉的时候。微微有些醉的时候，L君说："不能喝了，我得回去了，收拾收拾东西，明天中午的火车。"

三分男说："明天我去送你，还有寝室那几个人。大家哥们儿一场，以前总一起打球，以后怕是没这个机会了。"

L君摇头说："还是别了吧，干吗弄得那么煽情啊。又不是什么生离死别的，以后见面的机会多的是，再不济还能网上视频聊天啊，说不定你明年考研就到我们学校了呢。"

三分男说："好，借你吉言。"

然后就一起回寝室。路太短了，L君真希望走不到头。终于盼来了这一天，她留了长发，穿了长裙，和他并肩走在凉风习习的晚间校园里，却是即将久别离。

还是先到了女生寝室楼下，L君说："我到了，你回吧。"

三分男说："好。"但是没走。

L君回头挥手说："走吧，我会一路顺风的。"

三分男撇了撇嘴，挤出一丝微笑说："没什么要说的了吗？"

L君忽然就觉得万箭穿心，面前这个她喜欢了四年的男孩子，真的就像一个孩子，与星座无关，与年纪无关，与爱好无关，他不过是个任性的孩子，在一个明明很喜欢他的女孩子面前努力寻找存在感。他希望她先开口说爱他。她为他做了那么多，他选择看不见，他只是希望她说爱他。

L君吸了吸鼻子,走回三分男面前,努力做了一个大方的微笑,张开怀抱说:"抱一下吧。"

　　L君永远记得那个怀抱,有炒田螺和啤酒的香气,有年轻男孩温热的鼻息,他那只可以拿起篮球的手,在她后背轻轻拍了两下。然后她转身回宿舍,没有说再见。

　　L君和三分男没有再见面。在她的私藏小抽屉里,一直留着他手写的那封"信",和她为他画的一幅漫画像。所有暗恋过的人都知道那样的时光有多漫长有多绝望,却最难忘。

请你一定要幸福

M君认识雅思男是在一个网络论坛里，M君是在一大票之才子佳人中跟雅思男对上眼的。

那会儿M君刚进论坛里不长时间，很喜欢里面各抒己见的气氛，所以也会发些读书评论的帖子上去。渐渐就引来了注意力。有几分人来疯吧，小女子有些得意。后来论坛里出来一个装大尾巴狼的人，大家不想为难他，但他自己找骂，成天摆出一张忧国忧民的脸，动不动就捶胸顿足说"国人"如何如何。M君就不爽了，骂他："你出过国么，有护照么，入了美国籍还是买了日本房啊，你有什么资格说中国人的劣根性，哪儿冒出来的假洋鬼子？"

M君的口吐莲花引起了那个论坛"老大"的注意，那老大就是雅思男。雅思男那会儿正在考雅思准备出国，背单词背累了就跑到论坛磨牙掐架，他学识渊博又社会阅历丰富，凭一张铁嘴在论坛里拥有很高的人气。

你唱戏，我搭台，M君和雅思男很快就成为论坛里耀眼的一对明星。连论坛里的人都说，那两人简直是天造地设的一对。但是他们俩的友谊很长时间内都维系在论坛的帖子里，既没有发过站内消息，更没有留过MSN、QQ等私人联系方式。换句话说，他们一直都没有把这层关系转移到"私人"上面来。

后来是论坛里一些比较聊得来的人，建了一个群，M君虽然玩的时间不长，但是跟大家都很熟了，也一时兴起进了那个QQ群，一眼就看见了雅思男的QQ。M君的心扑通扑通跳了好几下。

M君一向聪明，大脑转得很快，在那一瞬间竟然也没了主意，只是盯着雅思男的QQ愣神。那是QQ上特别常见的一个头像，蓝色的大兔子，睁一眼闭一眼。她深吸一口气，最后决定，只要他不主动加她好友，她就不去主动搭理他。

可是，大家七嘴八舌在群里说了几句之后，M君的QQ消息就传过来，雅思男加她好友了。

这世界上有太多一拍即合的故事，反正只有当事人才知道那种感觉有多强烈。一个问候，一个笑脸，一句耳畔的叮咛，都能让人血压升高心跳加快幸福得快要晕过去。当时的M君就是这种感觉。跟她在论坛里一唱一和演对手戏的雅思男切切实实成为她QQ好友里的一分子，并且向她发出了视频语音聊天的邀请。M君清晰地预感到自己的生命会多一个非常与众不同的片段。

雅思男的样子跟她想象的完全一样，典型的北方男人，短发净髯,眉浓鼻挺,笑起来帅气极了。雅思男的声音也好听,略微带点儿沙哑的男中音,普通话里有一点点东北口音,特别有喜剧效果,所以M君就更想笑。

这一聊就天南海北起来,各自说说所学的专业啊爱好啊乱七八糟的事儿,不知不觉就到了很晚很晚。寝室里的人要睡觉,M君索性关了电脑,拿了手机去走廊里跟雅思男通电话。那时候异地恋的情侣都喜欢在半夜煲电话粥,M君一直不理解有什么好聊的,可是M君听到雅思男的声音,听到他在那头儿神侃,突然就明白了这是多美好的一种交流。她在北京,他在东北,情愫却只是一线牵。M君捧着电话傻笑,另一只手画着老宿舍楼的墙壁,白灰簌簌地落下来,就像M君挡也挡不住的爱意。

M君和雅思男的恋爱像一场高烧,一发不可收拾。论坛里他们还是说说笑笑,不在论坛的时候就发手机短信或者打电话。雅思男复习英语也是静不下心来,他甚至算好了M君上课的时间,课间休息的时候打个电话过来腻歪几句。这样无可救药地坠入情网,异地恋的开始让人目眩神迷。

某个瞬间,M君会从甜蜜的旋涡中清醒过来,想到如下事实:雅思男在考雅思,去英国是他父母的期望,而她没有条件出国。

可是被幸福冲昏头脑的时刻总是多的,M君干脆咬牙狠心,爱怎样怎样吧,充其量就是网恋打电话,我们都没见过面。

爱情是一条河,明知会丧命,还是有人义无反顾跳下去。

终于有一天，雅思男在电话里说："嗨！我去看你吧。"

M君听到自己的心漏跳了一拍，她努力调整呼吸问："你确定吗？"

一向爽朗健谈的雅思男支吾了一下，然后说："我去香港考个驾照。我现在的驾照在英国不能用。他们是右驾驶。我想……我听说香港可以考英国通用的驾照，反正现在也是闲着，干脆去考一个……顺便，看看你。"

M君说不出是难过还是高兴，她听得出雅思男是在努力找理由，他也知道自己究竟在做什么。他终于下定决心出国，没想到半路遇到了M君。

很多人对网恋这种事儿有偏见，一是觉得双方接触太少，了解得不够；二是网上骗子多，谁都不能信任。M君不傻，不是没想过。但是她觉得跟雅思男已经认识很久很久，觉得彼此注定就是应该在一起的。

雅思男听出她语气中的不确定，试探地问："要是你不方便，我就不见你了，从北京直接去香港。"

M君连忙说："不不不，一定要见啊，我还怕你吃了我不成！"雅思男又恢复大大咧咧的样子，在电话那头坏笑说："那可说不准儿，说不定我就留在北京不去英国了呢！"

M君永远记得第一次见到雅思男的情景。他是坐火车来的，比预定的时间晚了，M君在站台上蹿下跳生怕找错了。事情往往是这样，你等的时候人不来，你走开一会儿人就到了，她刚刚跑去其他站台找他,他的车就到站了。雅思男打电话给她:"你在哪儿呢?"M君喘着粗气跑去约好的站台,在一群群涌动的人群中寻找虽然陌生却好似熟悉了几个世纪的人。没错,他是个网友,可是她真觉得几辈子之前就认识他了。M君在站台上跑来跑去,总是找不到他,急得快要掉眼泪,说好的默契呢,说好的一眼在人群中认出彼此呢。M君正要拿起电话打给他,就听到身后有个瓮声瓮气的声音说:"傻瓜,我在这儿呢!"M君一回头,就看到QQ上的"蓝兔子"在调皮地冲他眨眼睛,脸上带着坏坏的笑容。M君一时惊呆得不知说什么好,倒是雅思男先开口说:"笨蛋,我一眼就看到你了,你还傻乎乎地东看西看呢!"M君忍住刚才因为着急险些掉下来的眼泪,皱着鼻子说:"你才是笨蛋呢!"雅思男哈哈笑说:"好,我笨,走,我带你吃好吃的!"说着就一只手捏住M君的脖子,像拎小兔子似的拎着她走,还不忘记啧怪:"网上骂人挺狡猾伶俐,怎么现实中像个小孩子。"

见面的一切都和想象中的一样完美。他们都爱吃麻辣火锅,都痛恨吃狗肉的人,都能就着火锅喝啤酒,下酒的有聊不完的好玩的事……雅思男惊叹真的是第一次遇到能够听了他上半句就知道他下半句要说什么的女孩,M君也激动她找到了传说中能够进入到她灵魂深处的男人。相见恨晚,把酒言欢,还有什么比这个更让人欲罢不能的呢?

雅思男原打算在北京停一下就去香港的,没想到一停就是一天,两天,三天……喝酒,聊天,喝酒,聊天,喝酒,聊天……热恋过的人都知道那种如胶似漆恨不得缠嵌在对方身上的那种感觉。

后来 M 君跟我讲这段经历的时候，她忍不住笑着问我："你觉不觉得我很疯狂，不顾后果？"我想了想，很客观地说："这叫情致所动吧。连我自己都无法保证，原本不相信世界上有什么一见钟情，忽然出现那么一个人，任何想法做法都跟你很合拍，能够抗拒这种诱惑的人是极少数。"

M 君哈哈笑说："还是你会解心宽，我能够遇到他已经是万幸，甚至不敢奢求长相厮守，能多在一起一天都是好的。"

M 君和雅思男在北京厮守了近一个月，雅思男直接回了东北，没去香港考驾照。M 君问他为什么不去了，他说："大不了去英国再考呗，反正不着急。"M 君暗自想，他有没有可能是找了个理由，只是来北京看她呢。她甚至想，他有没有可能是动摇了去英国的念头，想留下来和她在一起呢。这种念头是那么强烈，好几次 M 君话到嘴边，都忍住了。她不是一个毫无理性可言的傻姑娘，她相信有些事情之所以美丽，是因为不去深究真相。如果他想留下来，自然会留下来。既然最开始她就很成熟地抱着"不求天长地久但求曾经拥有"的姿态面对这场不被看好的恋爱，那么无论结局如何，她都要以牙咬碎和血吞的姿态把这场戏光彩落幕。

所以，雅思男回东北的那天，M 君送他去了车站，在站台上依依惜别，直到火车出站，她都是微笑面对的。他们在站台上拥抱了很久很久，雅思男伏在她耳边说了一句："宝贝儿，我爱你。"

那是 M 君第一次听到这句话。虽然以前有过男友，有过恋爱，但是这是她第一次听到男人很认真很认真地对自己说这句话。有句话说"甜言蜜语说给左耳听",据说情话到了左耳会格外甜蜜。M君相信了。

但是,她没有回应。她没有对雅思男说"我爱你",即使她真的很爱。对于一个注定要在生命中消失的人来说,绝口不提比千言万语好。她只是很幸福地笑,很努力地享受那片刻的温存,即使这一别,很可能是永别。

雅思男回到东北,并没有忘记M君,相反,有了北京那一个月的耳鬓厮磨,两个人的感情更深了。网络啊电话啊简直一刻都停不下来,两个人都没有结过婚,但是都有一种新婚度蜜月的感觉,简直找不到更贴切的词儿来形容那种浓得化不开的思念。

偶尔冷静下来,M君不是没有想过,也许是因为两个人都知道这份感情不会长久,所以才濒死挣扎一般拼命记住对方的好。没有承诺,就没有负担。没有以后,就努力珍惜当下。所以双方努力向彼此展示自己最好的一面。

多年之后,M君想起自己的豪迈誓言,忍不住笑出声。她最大的缺陷就是忘记自己是女人,忘记自己应该被呵护被保护被珍惜,那股子豪迈劲儿上来,急着像男人一样去奉献去冒险去奋不顾身,并因此而落得个有苦难言的局面。

雅思男回到东北之后,又来过两次北京,没再找其他什么理由,就是单纯去看M君。M君的同学什么的都知道她有了男友,异地恋。关系好的知道其中有苦衷,一般的就光知道她有个外地的男友。那会儿网恋什么的还算时髦，甚至有人祝愿她修成正果。

M君的好友劝过她："要不你就跟雅思男摊牌，让他留下来。你们那么好，他会慎重考虑的。"

M君说："他早已经慎重考虑过。"

事实上雅思男没等M君开口，早已主动说过这件事。从雅思男本人意愿出发，他是不愿意出国的。他专业学的是法律，才在国内拿到资格证，在律师事务所挂了律师的名，原本想该找个姑娘结婚生子，共赴幸福生活了。谁知道父母一心巴巴地指望他出国接他们出去定居。他过去干吗呢？雅思男除了要攻克语言关，还要重新学习专业，而且很难当上律师。

某个瞬间，M君挺羡慕那些为了爱情可以撒泼耍赖大哭大闹揪着男友衣襟让他留下不要走的女生的，至少她们活得感性，能够为自己争取，把最难的决定留给男人。可惜M君偏不是这种性格，她知道雅思男是太重感情的人，在亲情和爱情面临选择的时候，雅思男心里正纠结，她不忍心给他出难题。

如果他选择走，她不会给他一句怨言让他多一丝痛苦。

雅思男心里当然也清楚，去英国，他亏欠的是M君一个人，和自己的爱情；不去英国，他成全自己的爱情和M君，亏欠的是家人的期望。这样的得失利害，他学的经济法，能算不明白？

最初的激情过去之后，M君和雅思男都在冷静思考。

当时的雅思男，正是站在了这样的选择十字路口上。M君说，无论你怎么选择我都理解。雅思男到了现实生活中总会有扯脱不了的纠结。面对完全茫然未知的未来，他有他的软弱。

其实那会儿 M 君还算年轻，还有资格耍赖，还有资格哭着闹着吵着要一切，可是她没有。

雅思男说："我走之前，我们见一面吧。"M 君一考完试就赶去东北见雅思男。

小时候只能在电视上看冰灯看东北大世界，M 君一直盼着能够亲自去东北看看，如果身边陪着她最爱的人一定幸福得不得了。没想到真的如愿了，看到了白雪皑皑的北国风光，看到了俄罗斯风格的中央大街，看到了到处都是冰灯冰雕的冰雪大世界，身边还有她最爱的男人。

她来不及伤感，只想让离别前的每一分钟都是快乐和美满。

M 君跟着雅思男玩遍了城市里每一处好玩的地方，然后买好了回家的车票。快过年了，大街上到处都是喜气洋洋的气氛，雅思男的父母只知道他有个朋友来玩了，还问他要不要留那个朋友在家过年，东北人的热情让 M 君温暖。她开玩笑说："如果我想当他们的儿媳妇，不让你出国，他们还会不会这么欢迎我？"雅思男没有笑，反问了一句："要不，我问问试试！"M 君的鼻子酸了一下，摇头笑说："真恨我自己，狠不下心来当恶人。"

离开那天，M 君只让雅思男送她到入站口，他说要把她送上车，她死活不让。她说："别送，我怕自己会忍不住。我喜欢你第一次去北京见我的样子，我在站台上蹦下跳找你，那么激动，那么幸福，我希望我们的感情永远定格在那时候。你给我听好了，以后在伦敦，一定要活得好好的，我不管你是当律师还是刷盘子，都不许给中国人丢脸,不许让洋鬼子看笑话,那样我才能不后悔,好歹我也是爱上了一个有出息的人!"雅思男唯有拼命点头。

  M君最后说:"好了,我数一二三,咱俩各自转身。我进站上车,你回家收拾行李。相濡以沫,不如相忘于江湖。从今以后,咱们再别联系,每个人都要好好的!"

  M君说到做到,数了一二三,转身,大踏步往前走。

  很多年后,很意外地,M君在另外一个网络论坛遇到了当年一个论坛里玩的朋友,就在QQ上聊起了从前的一些事。那个朋友说,那个谁啊,出国了,结婚了,已经有了小孩,挺幸福的。M君嘴角带笑,想起当年傻傻的自己,坐上哈尔滨开往北京的列车,手里捏着票根趴在桌子上哭得像个傻瓜,宣布开车的时候才抬起头来,隔着车窗看到站台上站着雅思男,满脸泪痕地傻傻地冲她挥手。那个人越来越远,终究消失不见……

  M君看看电脑旁边丈夫和儿子的照片,想到,终于有这一天,所有失声痛哭都化作含泪微笑。请你,一定要幸福下去。

曾经爱过你

N君的前任跟她是研究生班的同学，N君是本校直升的法学院高才生，不但专业课成绩一流、英语一流，而且非常聪明、能言善辩，永远都是辩论会上的明星。沾了北方人的光，她的普通话说得特好，这在卷舌音平舌音分不清楚的南方学生中非常有优势，所以每次辩论的时候对方还在为表达不清楚懊恼时，她已经像尖嘴八哥儿似的把风头抢尽了。这种女生放到校园里就成了没人敢摘的鞭炮花——男生们觉得女生拙嘴笨腮或者偶尔撒撒娇吵吵嘴是蛮可爱的，但是张嘴就吵架，他们招架不住。

直到研究生二年级的时候，N君遇到了律师男，命运就改写了。

律师男满足N君对男友的一切想象，够高，够聪明，够有魄力，够爷们儿——最重要的是，他们一见钟情，第一次在辩论会过招之后一拍即合，就决定在一起。

N君千挑万选选中的律师男其实比她小一届，但是年纪比她大，因为有好几年的工作经验。职场当然比学校锻炼人，几年的职场历练使原本就木秀于林的律师男更显出众，站在一帮愣头小子中间格外引人注目。N君和律师男很快成为大家称道的一对。

律师男适应不了住学生宿舍，经济条件也不错，于是跟N君商量了一下就去学校外面不远的地方租了一套精装修的小公寓。

那会儿虽然有学生情侣在外面租房，但是迫于经济压力，租的多是筒子楼或是简陋的毛坯房什么的。律师男和N君不存在这个问题，所以略显"奢华"的居住条件让N君的很多同学很羡慕。N君和律师男也都开朗好客，经常叫同学过来改善伙食。大家吃怕了食堂里寡淡的饭菜和汤水，周末的时候去N君那里炖肉打牙祭，皆大欢喜。

那段日子，N君前所未有的幸福，觉得结婚的二人世界也不过如此，房子不必大，只要温馨即可；生活不要太忙碌，要有聚会的时间；不用太有钱，手头不紧就好……总之，一切的一切都是那么好。只要有心爱的人，什么远大的梦想都细小如尘，她甚至暗笑曾经的自己，那么好强做什么，画了一个大圈，还不是把一个心爱的男人当成了全世界。

所有甜蜜的爱情在甜蜜的阶段都是一样，你侬我侬，柔情蜜意，一团泥巴捏两人，你中有我我中有你……但是在一方小小天地里待久了，彼此开始对对方的生活细节视而不见。

那时候N君读研二，律师男读研一，N君的课比律师男少，但是她从不缺课。这是她当学生多年来养成的习惯。大学四年她循规蹈矩没有缺过课，研一一年也没有，研二她不打算破例。但是律师男不这样，他最先学会的就是翘课。他说："你们老师讲的还没我讲的好，他们一天律师都没当过，怎么可能讲得好法律课？"

N君就不服："你要是不想学习，你来读研究生干吗？"

律师男说："我上班上累了，来休息的。"

N君就拿出最佳辩手的劲头儿跟他争辩："既然来了，为什么不好好上课呢，就算老师讲的没有实战精彩，至少也是一门课程啊，听听总没坏处吧。"

律师男说："听了没有坏处，但是也没好处。还浪费了我的时间，总的来说就是对我有坏处。"

两个人能够就"上课究竟有没有价值"争辩大半天，最后就是男的赌气在电脑前玩游戏，女的搂着课本却看不下去生闷气。

有天，N君对律师男说："我是不是应该转变一下形象？现在太像学生了，找不到律师的存在感。"律师男只顾着盯着电脑上的游戏说："你是学生不就应该有个学生样子吗，以后工作了自然就转型了。"

N君说："可是我们班上有很多人已经开始在律师事务所实习了，都穿得很职业，上课也是套装。"

律师男就说："他们装呗。"

起初N君会被律师男逗笑，但是日子久了就开始担心，这样下去会不会纵容了自己的懒散，要知道从前她什么都走在别人前头的，现在不知不觉已经被别人反超了。

　　危机感像一道阴影，悄悄蒙上了N君的心，恋情的甜蜜已经不足以抵抗它。

　　爱情它是一罐沉浸其中才会觉得甜的蜜，一旦你不沉浸了，开始理智审视了，就会觉得这种甜有点儿齁嗓子，让人不舒服。N君比律师男先一步理智了——律师男并没有落后太多。

　　N君清醒地认识到，律师男和她虽然用了很短的时间擦出了火花，可是在长期来看，他们不在同一个频率上。N君就像那从未出过门的小马，急匆匆满心期待地想过河去，看看更广阔的天地是什么样子。她热情万丈，信心满满，冲劲十足。而律师男，虽然年纪不算大，却摆出一副倦鸟归林的姿态，反复唠叨"社会险恶，没你想的那么简单""律师圈不像电视剧演的那样意气风发""我建议你好好考个博士，在学校里教书算了"。

　　N君的好斗性就被调动起来，想跟他分个高下。律师男却不跟她辩，只顾着玩游戏、泡论坛。

　　几次三番这样，N君对他失望了。当初他们认识的时候律师男不是这副懒洋洋的样子呀，辩论赛上他整个人神采奕奕，帅得不可思议。律师男对此给予了解释："那会儿刚进学校嘛，学生会举办活动，我觉得好玩。跟你们这些小孩闹着玩呢。"

　　N君的心凉了一半。

口才很好的 N 君第一次有点儿慌神，不知道如何应对这样的变故。

她不怕吵架，不怕分歧，因为她相信所有的矛盾都可以经过有效沟通化解掉。但是她很害怕自己珍重如眼珠的爱情建立在一个荒诞的玩笑上。闹着玩儿？什么是闹着玩儿？如果辩论赛是闹着玩儿，那么这场恋爱算不算闹着玩儿？他是把读研究生当成度假，那么与她的这场恋爱算不算度假中的一个项目？她算不算他的一个消遣？如果没有她，他也会爱上其他女生的吧，因为他仪表堂堂阅历丰富，想在学校里找个女友实在太容易……还是那句话，她不是怕失恋，而是怕自己珍重无比的爱情到头来仅仅是她一厢情愿的一个幻想。

N 君甚至有点儿惶惶不可终日。

终于有一天，N 君决定跟律师男详谈一次。N 君很认真很认真地把自己心里的困惑说了出来，律师男正在打游戏，听她这么说之后，他慢慢熄灭烟，停下游戏，转过头盯着她看，等了半天才说："挺聪明一孩子，怎么突然犯傻了？如果我只是为了玩，至于跟你玩吗？我为什么偏挑一个喜欢剑拔弩张的你跟我玩？我又不是受虐狂！"

N 君被他的胡搅蛮缠逗笑，原本的谈判架势顿时不见。她说："你为什么就不能正经点儿，好好跟我聊一聊？"

律师男觉得话题沉重，叹口气说："为什么一定要这么严肃，不累吗？"

N 君说："我觉得这是一件严肃的事。"

律师男说:"我不这么觉得,我只觉得是件美好的事儿。我欣赏你的口才,你是个有想法有追求的女生,这都是我喜欢的,所以我选择跟你在一起。我们彼此喜欢,这就够了。你非要把事情弄得那么严重干吗?"律师男说这话的时候盯着电脑屏幕,那是一个论坛的页面,他在跟人掐架。

N君说:"你能不能别看电脑了,看着我?"律师男撇嘴笑道:"宝贝儿,给我弄点儿吃的吧,我饿了。"

N君看着他故作无辜状的大眼睛,顿时化力气为糨糊。他耍无赖;她就真的拿他没办法,因为她爱他。

那年春节,他们两个一起过。

律师男的父亲很早过世,母亲再嫁之后很少管他,说起来他也算个苦孩子。N君原本打算带他一起去她家过年,他说那样不好,还没做好心理准备去拜见岳父大人。N君理解他,他因为缺少完整家庭的温暖,所以会有一种难以融入完整家庭的感觉。N君担心硬拉他回去非但不能让他过个快活的春节,反而滋生种种不便,所以就顺了他的意思,两个人一起在小窝里过年。为此N君的爸妈没少唠叨她:"这死丫头,有了男友就不回家了。"不过他们倒也高兴,这闺女终于有男友了,还过得挺幸福,不用当"剩女"了。

N君一直觉得那是他们过得非常温馨美好的一个春节。他们把小小的公寓装扮了一番,门口贴了红春联,屋子里还摆了水仙花,挂了红色的装饰鞭炮,特别有气氛。两个人一起去逛超市,买来一大堆好吃的存在冰箱里。原本是没有电视的,为了看春晚他俩商量了一下，还特意去买了个大彩电。

"越来越像个家了。"律师男说出这句话的时候，眸子里亮晶晶的。

N君永远都记得。大年三十那晚，他们站在小小的阳台上看窗外的烟火。南方的春节不似北方热闹，但是也有烟花漫天绽放。N君和律师男相拥在一起看窗外的烟火，明亮美好的颜色在黑洞洞的天幕上炸开，映在律师男的脸上和眼里，N君觉得，那是爱情的颜色，是最美的颜色。

新年的烟火还未褪尽，N君和律师男开始争吵。因为各种拜年电话。N君不明白，律师男怎么有那么多电话，而且很多都是女性朋友——甚至是女网友。

律师男说："这很正常啊，平时就是在网上闲扯，这不过年了嘛，大家打电话问候一下。"

N君问："你们到底都扯什么？"

律师男说："什么都有，天文地理，饮食男女，生老病死，婚丧嫁娶。"

N君知道他又在胡说八道企图蒙混过关，但是这次她一定要较真。他喜欢泡论坛扯淡她是知道的，从前没有干涉过，但是那些网友竟然都有律师男的手机号码，这让N君很震惊。她还以为他真的只是网上闲扯，原来他跟那些网友早就不只"网友"这么简单。那么，她出去上课的时间，或者她不在家的时间，律师男是不是都在跟她们打电话闲扯呢？

N君很少上论坛,觉得那是闲人聊天磨牙的地方,她忙着上课看书考试,才没工夫瞎扯。但是律师男从不操心这个,考试前随便看看就能过关,她又羡慕又嫉妒。可是她做不到,她佩服他的智商和情商。

可是,可是,可是,他却把大把的时间用来交网友,N君无法接受。

起初,律师男接电话只是应付一下,说说拜年话就挂断。但是他有一个近乎习惯性的动作,那就是挂断电话之后立马跑到电脑前打开论坛网页和QQ。后来,律师男接电话的时间越来越长,即使N君没有刻意去听,也能根据他的谈话大致猜出电话属于固定的某几个人。内容倒没什么敏感话题,无非是论坛里谁谁谁,用的都是ID名字。N君疑心病越来越重,开始纠缠到底是谁的电话,论坛里有那么多事儿值得在电话里说吗?律师男就解释,谁跟谁掐架呢,谁跟谁想打官司找他咨询,甚至还有人想离婚咨询他手续。N君气得笑出声来:"你没告诉那位姐妹,你是打经济官司的律师,不是管离婚的吗?"律师男就说:"他们要是有你这么专业我就省心了!一般人就觉得律师什么都懂!"N君气不打一处来,说:"要是她再来电话,你给我,我对婚姻法有兴趣,我来帮她咨询。"当然,那个女网友没打来。

后来有一次,一个女网友的电话彻底让N君气炸了。那会儿她跟律师男正要睡觉。律师男是夜猫子,黑白颠倒是常有的事,而N君属于即使在假期也会作息时间正常的那种人。那女网友的电话打过来，竟然质问律师男："你为什么不在线？"

律师男的电话有点儿漏音，N君听得清清楚楚，她瞬间就炸了。律师男正说着"我今天困了不上线了睡觉了"，N君一把抢过手机："我老公睡了，你想聊什么，我陪你。"那边咔哒就挂断了。律师男脾气也立刻上来，冲N君吼："你什么意思？你谁呀你，凭什么抢我电话？"

"我是谁？你说我是谁！"N君胸口剧烈起伏。

这时律师男电话又响起，又是那个女网友的电话。N君抢着去接，律师男更快一步过去抓过手机，狠狠往地上一摔说："你是不是疯了？"

"你说什么？你再说一遍！"N君简直不敢相信自己的耳朵，她没想到律师男竟然会这样跟她说话。她急了，指着他鼻子吵，"你有种再重复一遍！"

律师男不跟她吵，穿衣服摔门出去。大正月里，外面的鞭炮声还不时响起，律师男和N君就这样吵得地覆天翻。

N君第一次在那个爱的小屋里哭得昏天黑地。她不明白究竟发生了什么，爱得天旋地转的两个人，怎么在这么短的时间里就变得形同仇敌。她从没想过自己会变成翻看男友手机、抢接他电话的可怕"疯女人"，可事实就像一个响亮的耳光，让她几乎没有躲闪的机会，被抢男友的危机感和耻辱感兜头而来，她想做鸵鸟躲闪一下都不行。

律师男很晚才回来。外面很冷，N君不知道他去了哪里。他的手机摔在地上，她没捡起来。他回来之后捡起手机看了看，还能用，嬉皮笑脸说："手机真结实啊，这么摔都摔不坏。"

换作平时，N君会被他的样子逗笑，但是这次她没笑。她叫他的名字，说："某某某，我快不认识你了。"

律师男依旧笑，重启手机之后坐到她身边说："好像你真的很认识我似的。"

N君呆了一下，有些晕。是啊，好像她真的很认识他似的，他们不过在一起半年——细算还不到。她一直觉得认识他很久很久了，觉得他们像老夫老妻一样，可是他一语惊醒梦中人，她真的认识他不久。这个错愕让N君暂时从女网友电话事件中回过神来。

律师男看她情绪平静了些，拧了条热毛巾帮她擦脸，很温和地说："你呀，终究还是一孩子呀。能说会道，白扯道理一套一套的，真遇到事儿，就一孩子。"

N君最爱的就是律师男的声音。他认真说话的时候声音很有磁性，特别是语重心长的时候，带给人的感觉非常可靠，让人充满安全感。他这一句话，N君真觉得自己是个孩子了。

律师男一边给她擦脸一边说："你一直是学生，太单纯。我就是个老油条，混太久了，信口开河惯了。所以谁跟我闲扯我都无所谓，但是你却钻牛角尖。"

N君急着分辩："你竟然都不告诉她们你有女朋友！你把我当透明的！"

律师男说："那是因为我不在乎她们。我没有必要让她们介入我的私生活。我们在一起过我们的,她们爱怎么想怎么想。你犯得上跟一帮虚拟的 ID 吃醋吗?我连她们叫什么都不知道,对我来说她们就是 ID,什么都不是。"

N 君说:"我可以相信你的话吗?"

律师男说:"你看着办。如果你愿意相信,咱们就继续过。如果你不愿意相信,我也没办法。反正我把这儿当成咱俩的家,我希望你和我在一起,过得好。你说,世界这么大,咱们能在一起多不容易,这是我第一次跟女朋友一起过春节呢。"

N 君顿时就忘记所有不愉快,冲上去紧紧抱住他的脖子说:"你要是再气我,我咬你!"

这样的吵架又经历了几次,都是以律师男的"化力气为糨糊"化解的。N 君虽然一次又一次原谅,心中的恨意却越来越深。是谁说的,心上的伤害就像一枚钉在墙上的钉子,你可以把钉子取出来,但是墙上的洞会永远存在,无论如何弥补,那个创伤都在。N 君就是这样对律师男讲的。她以为会换来他的认真,他却笑了,说:"你就是喜欢把事情说得特别复杂,动不动就上纲上线。说好听点是太严肃,说难听点儿就是小肚鸡肠。你要是觉得我伤害了你,你就恨我吧。"说完就转头去玩游戏,还时不时去论坛看一眼。

一向好强的 N 君红着眼睛回了学校。她努力忍着不说,觉得这是一件很丢脸的事,所向披靡的 N 君怎么能被男友如此冷落?但是室友很友善,说:"看你都憔悴成什么样了,就算恋爱了,也不能丢掉自己啊。"N君瞬间就体会到"娘家人"的好处，忍不住把一肚子苦水往外倒。室友说，律师男有问题，但也不是解决不了的大问题，趁着他还没跟那女网友有什么实质性的进展，N君对他好一些，是能拉住他的心的。N君叹气："我还要怎样对他好呢？"

这一问，室友也犯了难。

是啊，N君确实已经改变太多，对他很好了。当年那么多男生追求她她都拒绝了，多么心高气傲，现在竟然被一个律师男折磨得风度全无张嘴骂人还失声痛哭。"唉。"室友叹口气说，"你们这种假装理智的人啊，疯狂起来还真是超越常人。"

这一句话几乎是点醒梦中人。N君突然开始想念从前的自己。是啊，她的梦想是什么，不是做大律师么，不是一早下定决心不为儿女私情所动，要找个可以比肩的同路人一起打天下吗？一个只会耍嘴皮子泡论坛玩游戏的不求上进的人，凭什么做她的男友？她凭什么为他流泪？

N君硬起心肠决定从"爱巢"搬回寝室住，回复以往的学霸状态。当她回去收拾行李箱的时候，律师男难过了。

"宝贝儿，你真的要走吗？"他失神的样子N君简直不敢抬头看。她一边往行李箱装东西一边说："我回寝室住一段时间，这样就不会干扰你打游戏泡论坛打电话。"律师男安静了一会儿，开始帮她收拾。N君以为他会狠命留住她，他却没有，而是帮她收拾。一边动手，他一边说："你回去住几天也好，每天在这儿对着我，可能很无聊，回到学校跟同学多聊聊，逛逛街，买买新衣服什么的，没钱了就从我这儿拿。这儿永远都是你的家。我知道我现在的状态不好，没精打采，总惹你生气，都是我不好。我也不想这样的。"

听到"家"字，N君突然就很想哭。他说这儿是他们的家。她何尝不把这里当成家呢，这是她第一个家，这是她倾注了很大心血的家。从床单被罩窗帘到勺子杯子碗筷，都是他们一起买的。楼下的蔬菜超市是她最喜欢的地方，她曾暗下决心学会所有蔬菜的烹制方法给他做好吃的。他也曾把她炒得又咸又辣的失败的一大盘宫保鸡丁吃得干干净净，还安慰她说"宝贝儿给我做的菜永远是最好吃的"……这一切，真的要结束吗？

N君终于忍不住哭了起来，律师男默默递过纸巾，叹口气说："你呀，真的是孩子脾气，说哭就哭，说生气就生气。我以为你是个很理智的人，没想到也这么敏感。"

那一刻N君开始明白，即便是一见钟情的恋人，即便是聪明绝顶的律师男，也是不懂女人心思。他不明白，女人不是敏感、疯狂，她只是因为太在乎才变得敏感、疯狂。她抛弃了所有理智和冷静，天真傻气地跟他在一起，而他厌倦她的原因，竟然是她的天真傻气。爱情究竟跟她开了怎样一个玩笑？

N君越哭越伤心，最后干脆丢开手头的箱子，蹲在地上放任自己大哭。她在心里对自己说：哭吧，我只允许你再这样哭一次，以后再不为这个男人流眼泪。既然他喜欢冷静而理智的你，你就冷静理智给他看！

律师男被她哭得慌了神，只好蹲在她身边好言相劝："别哭了好不好,别走了好不好。留下来吧,我们好好过。我不再胡闹了。"

N君抬头看他,她那么爱他,她那么爱这份爱情,真的要放弃吗?

哭红了双眼的N君在心里骂了自己无数遍,一抬头,跟律师男对视,看到他的眼睛也红彤彤的,充满悔意和期待,她又心软了。她好不容易才建立起来的强大的意念,瞬间崩塌。她听见自己哽咽着说:"我不走了。"

接下来过了很长一段风平浪静的日子。律师男调整了状态,不再沉迷游戏和论坛,尽量按时上课。那个学期他的课不少,大半时间都在学校。N君和他双宿双飞,走在校园里,二人和其他情侣别无二致。某个瞬间,N君想,吵架真的能增进感情呢,我们两个一起经历了最严峻的考验,不会再分开了。

N君到了研三,开始面临找工作的问题。导师帮她联系了律师事务所实习,每天早出晚归很辛苦。而研二的律师男那边,没了N君的陪伴,又对上课失去了兴趣,除了时不时跟班上另外几个年纪大的同学约着喝个小酒,又开始宅在家里打游戏、上网、看美剧。《越狱》《迷失》一季季看下来,每一天都过得云里雾里。每次N君从外面回到家里,都会看到屋子里到处是零食袋子、烟灰、方便面盒……N君抱着各种资料想和律师男商量实习中遇到的某个案子,而律师男总是兴奋地跟她讲:"我跟你说,某某剧可好看了,你快看看吧!"

N君何尝不想看,但是看了几集心思就难以集中。她觉得房间太乱，需要收拾。她一想到某某案子，就很想弄个清楚明白。她的注意力集中不到电视剧上。律师男就摇头叹息："这么好看的美剧你怎么不爱看呢？"N君说不是不爱看，是有太多其他事要做。

几次三番下来，律师男又觉得泡论坛比较自在。论坛上的人都在讨论某剧剧情，他凭着一副好口才总能在众多影评中赢得一片欢呼声。N君一旁看着他像瘾君子似的沉迷在网络世界里，心里很不舒服。

有天晚上，N君跟着律师事务所的"师傅"加班到很晚，回到家看到律师男又在电脑前玩，忍不住问他："我打算去北京工作，那边机会多，空间更大，平台更好，你觉得呢？"律师男眼皮都不抬，盯着显示器一边敲字一边说："可是北京竞争激烈，生活压力也大呀。"

N君的心里突然就冒出一股无名火。以他的聪明才智，加上她的勤奋执着，在北京不愁做不出成绩。他从前当律师做得挺好的，怎么回来读个研究生懒散到这个程度呢？她看着他在论坛里不停发帖还跟人打情骂俏，心里的火越来越旺，蹭地冲到电脑前关了网页。

律师男吓了一跳，明白过来也来了脾气，冲她吼了一句："你到底想干吗？有事儿说事儿不行吗？你是不是疯了？"

"我是疯了！我竟然幻想着跟你一起干事业！你现在这样子就是无可救药！别以为我不知道你成天在家里做什么，我懒得说你而已！"N君上班累了一天，终于失控了。

律师男也没好脸色，鼠标丢在一边冲她喊："看看你那样子，不就实习么，觉得很有成就感，回来就冲我吼是吗？我是喜欢泡论坛，我就喜欢招蜂引蝶，因为她们都比你可爱。我没想到你会变成现在这个样子，一点儿都不可爱！"

N君顿时觉得自己的心被狠狠捅了一刀。N君从没想过自己会被心爱的人毫不留情地奚落到这种程度，一点点最后的怜惜都没有。从前每次争吵之后N君都会大哭，直到那次听他说出"你一点儿都不可爱"，她竟然哭都哭不出了。她把眼泪使劲儿憋住，告诉自己一定不能在这浑蛋面前落泪。

律师男说出那句话之后也觉得有点儿重了，但是却没说道歉的话。N君的眼神像两支冷箭盯得他很不自然，他胡乱点了根烟，抓了钱包就出了家门。

N君一个人在房间里待了很久，后来室友打电话给她，问她明天有没有时间去学校参加一个社团活动。她说好，晚上回寝室住。

挂了电话，N君打算关掉电脑回学校，却看到律师男的QQ还处于登陆状态，有人在给他发消息。

说起来，N君醋坛子没少打翻，却从来没有在律师男身边扮演侦探角色，他的手机短信、聊天记录她都没有查过。虽然疑心重，但是她总对自己说"不要变成那种歇斯底里的女人""你要信任他"。但是那个晚上，N君突然就推翻了之前所有的理智。N君深吸了一口气，右手握着鼠标，点了一下闪动的QQ窗口。给律师男发来消息的，正是论坛里跟他关系最密切的一个女网友。她一条条翻到前面的聊天记录，虽然早有心理准备，N君还是被这些肉麻的情话惊得目瞪口呆。N君一条条聊天记录翻过去，大脑一片空白，双手冰凉。看到"我爱你"三个字，她憋了很久的眼泪突然就掉下来。她还记得律师男第一次对她说这三个字的情景，律师男紧紧抱着她，不停在她耳边说"我爱你"。她觉得有了这句话，以后不管发生什么她都会爱他陪伴他。直到今日她只恨自己明白得太晚，傻呆呆地把缱绻一时当成被爱一世。N君对自己说尽了狠话，生怕自己再次心软又执迷不悟地错下去。

律师男很晚才回到家，N君还呆坐在电脑前，盯着那页聊天记录。律师男当时就蒙了，前言不搭后语开始解释。他说他胡说八道惯了，这些网上的话没有半句是真心。他说那个女的得了绝症，活不了几天了，他很同情她，也就迷迷糊糊玩起网恋。

那一刻，N君看着语无伦次的律师男，忽然有种哭笑不得的感觉。她曾经那么崇拜他呀，觉得他像个冲锋陷阵的英雄。到头来不过凡夫俗子一个，谎话编不圆的时候就像一个演出失败的小丑。她很想讽刺他几句，却也没了往常伶牙俐齿的本领。

律师男忏悔了半天，最终拉住N君的手说："我说的都是实话。你如果不相信，可以随便看我的聊天记录。我只跟她这么在网上聊聊，纯粹是可怜她。其他没什么了。"

N君甩开他的手说："别碰我，我嫌你脏。"

N君和律师男分手的事很快就在同学间传开。关系比较好的室友同学过来安慰，N君就笑笑，告诉他们自己很快就能好。可是事实上，没那么快。伤得太重，连时间都无法很快给她疗愈的方子。心情在高峰低谷之间转换。N君努力把那些分裂的自己整合在一起，七拼八凑成一个全新的人。可是，律师男跟她是同一个学院的学生啊，只要有集体会议，或者有什么活动，他就会出现，隔着人群远远看着她。道歉的短信他发了一条又一条，每次看到，N君都会心软，她真担心自己某天忍不住会原谅他。

好在是毕业季，找工作的事是大事。N君努力让自己忙起来，在律师事务所好好实习努力表现，同时让导师推荐，求各种熟人介绍更好的工作机会。后来导师帮她介绍了一家北京的律师事务所挂名，她终于决定离开。

走之前，律师男也换了房子。他说换一个环境重新开始，他游戏了两年，需要振作精神了。他约N君一起吃饭，N君特意穿了新裙子，化了淡妆，看上去很像一个光彩夺目的女白领。N君说得很直接："虽然见到你就会感觉很没面子，但我还是想大度些，我原谅你，不跟你计较。"

律师男尴尬地笑说："是我自己作，我承认。我配不上你。你还年轻，有大把好机会，好好工作，找个更好的男朋友。"

N君看着对面垂头丧气的男人，只觉得泄气。他的神采飞扬呢，他的伶牙俐齿呢，他的胡搅蛮缠呢。为什么她爱的那些个优点，他此刻一个都不显露出来。他说她变得不可爱了，没错，她真的变了，她不想在这个已经不再爱的男人面前流露出一点可爱，她所有的美好的优点，还是留给懂得欣赏她珍惜她的人吧。只能叹一句："人生若只如初见。"

几年后，N君成为优秀的律师，在京城一家律师事务所做高级合伙人，老公也是业界精英。

没有目的地爱了

O姑娘最配得上"平淡无奇"四个字。如果不是听说她喜欢闪闪发光的卷毛男,我从来没有记住她的样子。

卷毛男何许人也?辈分上讲他是我师兄,但是他威名之大早在我还没有见过他就已听说了他的传奇。他入校就是学生会的宣传部红人,没过多久就荣升部长。身材高挑修长,有宽宽的模特肩膀,头发稍长,卷卷的,上场打篮球的时候偶尔会扎起来,配上些许络腮胡和略显忧郁的眼神,简直是翻版的小田切让。他出身书香门第,虽然没有走美术特长生的路线,但是一手中国书法写得潇洒飘逸,泼墨山水画得成熟老练。

如果说这一切只是他的"硬件条件",那么一个为他加分的"软件条件"更让人心醉并心碎。他有个女朋友,两个人在一起六年。

只不过,卷毛师兄的女友在远方。高考的时候卷毛男和女友都报考了外省的重点大学,女友考上了,卷毛男却差太多。他放弃了复读,决心跟女友来四年异地恋,他坚信以他和女友的情分,四年异地恋根本不会冲散他们牵着的手。那会儿卷毛男还特意自己做了个小网站,名字就是他自己的名字加上女友的名字,中间一个大大的"爱"字。

但这并不妨碍 O 君对卷毛男表白。

听说平淡无奇的 O 君向闪闪发光的卷毛男表白了,我们很多人都惊讶得嘴巴张得合不上,并追着问结果如何。结果当然没有意外,卷毛男委婉地拒绝了她的好意,答应她做好朋友。据说那个表白和拒绝的晚上,他俩在学校附近的一个烧烤店连吃带喝到很晚,酒过三巡真就快成了哥们儿,O 君把自己对他的喜欢原原本本一点儿不差地和盘托出,卷毛男对这个相貌一团模糊的女孩有了新认识。

从那以后,O 君以后的日子成了卷毛男寝室的常客,经常过去看碟、玩游戏。那会儿 O 君没买电脑,想写个东西或者上网什么的,直接就跑去卷毛男的寝室用他的电脑。她不讨人嫌,去的时候总是带着零食水果,跟寝室的另外几个哥们儿称兄道弟。原本毫不起眼的一个小姑娘,忽然之间就成了寝室最受欢迎的人。

卷毛男那个寝室是那一层楼里最大的一间,外面有个很大的阳台,O 君在阳台上养了不少花花草草,经常过去浇水除虫,甚至帮他们打扫卫生。原本又脏又乱又臭的男生寝室在她的照料下变得整洁又清新,风信子开花的时候,甚至香飘四溢。有一次我跟朋友过去，都惊着了。

那会儿我们对 O 君的做法喜忧参半，喜的是竟然有这样执着的姑娘，用实际行动不间断地向自己喜欢的男生发起猛攻；忧的是在这样穷追猛打的情敌压迫下，卷毛男那位远在外省的女友有了非常大的危机感。因为我跟卷毛师兄关系很不错，QQ 上也有他女友，忍不住会义愤填膺地跟她八卦几句，提醒她目前面临的严峻局势。我说："师姐，你要有心理准备，师兄遇到了高手！"师姐信心满满地说："我对他有信心。如果我们之间有人变心，那肯定是我。"

后来有一次，一位知名教授来我们学校做讲座，我老早就跑去礼堂占座位。因为在同一个学院混得比较熟，知道卷毛师兄他们一帮人也会去，我就顺道占了好几个座位。果然，卷毛师兄到了，除了他们寝室那帮形影不离的哥们儿，还有 O 君和另外一个女生。

接着我们就看到，卷毛师兄要坐的那个位置上貌似有什么脏东西，他是男生，粗心，没有带纸巾的习惯。他几乎是非常自然地把手伸向了 O 君，而 O 君脸上出现了一个笑容，很自然地在包里拿出纸巾递给他。那个笑容叫什么比较合适呢？哦，对，宠溺。那个递纸巾的小动作留给我的印象至深，以至于很多年后每次递给别人纸巾，都会回想起来。

不光是我，我旁边同坐的朋友也注意到了。她捅捅我的胳膊说："喂喂，张躲躲，你看到了吗，那个 O 君啊，对待卷毛师兄啊，简直像个贤妻良母。那个笑容啊，太娴熟了！"

临近放寒假的时候，卷毛男的女友先一步回来了，到学校见卷毛男。熟络的朋友都一起去吃饭喝酒，O 君竟然也去了。是啊，她是卷毛男的"好朋友"，既然好朋友的女友来了，大家一起吃饭 K 歌是再正常不过的事。

后来大家兴致正好的时候，卷毛男的女友对他说："我在办出国，当一年交换生，有可能的话在美国读研究生。你会跟我一起去的吧？"卷毛男表现得很冷静，他寝室的几个哥们儿也很冷静，看样子早就知道这回事。可见她这番话完全不是说给他们听的。那么，自然就是说给 O 君听的。

纵使强大如 O 君，突然听到这个消息，也愣住了。很讽刺啊，既然是"好朋友"，卷毛男竟然没有跟她提半句，可见哥们儿的待遇还是有差别的。她愣了半天，只能盯着卷毛男。卷毛男一边给女友削苹果一边说："我爸给咱们出钱，可能不太够，我爷爷给一些。"

气氛尴尬了好一会儿，一个哥们儿唱了个什么搞怪的歌，总算缓了过来。

那晚卷毛男先走，送女友回酒店。O 君说还想喝酒，问我们谁可以舍命陪君子。大家担心她出事，好几个人都说去。我们就找家烧烤店决定喝通宵。那晚 O 君喝了很多啤酒，举杯浇愁吧，也吐露很多心事。她真的是喝多了，也不考虑旁边还有男生在场，拉着我们两个女生说："你们有没有发现，卷毛的睫毛特别好看，长长的，翘着，特别可爱。有一次在阶梯教室上选修课，他坐我旁边，趴在桌子上睡着了。我就那么看着他，真希望时间就这么停下来，睡到天荒地老。"

后来O君接着说："卷毛对他女友真的很好，无微不至。隔着那么远，成天写信、发邮件、聊QQ，那女的下线了，他还要留言。在街上看到什么好玩的好吃的，只要能邮寄，第一时间就打包给他女友寄过去。那种好，全世界的女生都羡慕。但是我就想，他对女友这么好，女友为他做了什么呢？那位大小姐，也不知道哪里来的脾气，她明知道卷毛的成绩没她好，考不上外省的重点大学，还要他一起考。明明是她自己想远走高飞，还要说卷毛不争气。每次收到卷毛的小礼物，她不是高兴，而是厌倦，说卷毛不务正业。卷毛没有抱怨过，都是我无意间听说的。我不明白，她为什么不懂得珍惜。我爱卷毛，我愿意为他付出一切，所有好吃的好玩的，我都想留给他。所有好事，我都愿意让给他。我知道我长得不漂亮，家里也没有钱，成绩没那么优秀，出国留学这种事，我想都不敢想。我只想对他好，别无他求。"

那好像是大学时代过得最混乱的一个晚上，懂了很多事，又好像什么都搞不懂了。

后来卷毛就和女友一起出国了，女友所在的学校是著名的留学大军聚集地，她是作为交换生去的美国。卷毛就没那么顺利了，在学校办了各种手续又申请外国学校什么的，具体的我不是太清楚，反正是砸了很多钱进去，连个奖学金都没有，去了个三流大学学设计，其实就是专门给女友"陪读"去了。

我们那帮常在一起朋友也忽然一下就有了自己的事儿，各忙各的，联系少了。偶尔，学院开会或者有个集体活动什么的，会看到O君。她比以前漂亮了，留了长直发，梳理得很整齐。人瘦了很多，穿衣品位上了一个档次，有腰身，有曲线。虽然肉肉的包子脸没有什么改观，但是她皮肤原本就很白，偶尔画个淡妆，不管远看近看，都像一个小美女了。我们会暗自惋惜一下，卷毛师兄没有看到她这么好看的样子。也免不了猜测：经历了之前的那些个周折，O君下一次爱情会是怎样的呢？

O君先我们毕业，没有考研究生，到一个县级市的重点中学做了一名中学教师。

后来O君就和我们失去了联系。

再后来，我的QQ被盗，很多朋友的号码都丢失了，卷毛师兄和他女友的也是。刚好那时候我自己也被一堆烂事弄得焦头烂额，所以也就没有费心去找丢失的号码。

一晃好几年过去，我在开心网上意外碰到了当年卷毛男的一个室友。那会儿他年纪最大，是寝室的老大，又是我们的师兄，我一直都叫他大哥。大哥和他女友的故事也挺美好的，但这是另一个故事了。我们赶紧重新加了QQ叙旧，自然而然就聊到了卷毛和O君。大哥打过来的几个字把我吓了个晕头转向。大哥说："你还不知道吧，卷毛和O君结婚了。"

大哥说，卷毛和女友在国外混了几年，女友学业有成，他真的一直是"混"。他英语不是很好，学设计也是半路出家，他根本就没心思学。好歹混了个大学文凭，找工作也是难事。后来女友在国外遇到了"灵魂伴侣"，跟他分手了。卷毛带着一肚子的伤心失望回到老家，家里帮他联系了一所中学当老师，没想到竟然和O君做了同事。直到那时大家才发现，O君当年找工作，故意选了卷毛男老家的那所中学，为的就是离他近一些，哪怕不能和他在一起，在他故乡的城市落脚也是好的。

"你说，如果一个男人被这样的女人痴心爱着，等着，怎么能不感动呢？"大哥对我说。

我不是男人，不懂男人怎么想，但是我想，无论男女，都会被感动得痛哭流涕吧。

后来大哥传给我他们去参加婚礼时拍的视频，不是专业的那一份，是他们用手机拍的，不太清楚，画面总晃。但我看得津津有味。卷毛师兄的长发剪短了，鼻子上多了副眼镜，但还是很帅气，但是看着他西装领带的样子总觉得很好笑，不太容易跟当年留长发写书法又打篮球的帅哥联系起来。O君却美得惊艳，洁白的婚纱衬着婀娜的身材，笑容比怀里那束马蹄莲还要纯净。后来交换戒指念新婚誓词的时候，卷毛说："感谢你让我懂得什么是真正的幸福，你是我万水千山走后最温存的所在。"O君说："感谢命运让我等到了这一天，感谢卷毛愿陪我走完后半生。"

我情不自禁就想到了很多年前，我们一大帮人在学校外面的烧烤店里，喝得横七竖八的，O君举着酒瓶子说的那句话："但凡我有的，只要他向我张嘴伸手，我都可以给他。我只想对他好，别无他求。"我们都以为她醉了，原来她一直很清醒。

那个手机拍的视频很快就看完了，最后一个镜头是新郎亲吻新娘。在一片哄笑声中卷毛师兄笑着去亲O君，不知是拍得不清楚还是我多心了，我好像看到，O君闭起来的眼睛上，睫毛上面挑着一颗泪珠。

最初的地方

如果不是后来发生了那些变故，P君会觉得自己和众多毕业后北漂的姑娘没什么区别，甚至还多了几分幸运。她大四没毕业就在北京找到了一家公司实习，工作性质和工作内容都是自己喜欢的，合租房子什么的都比较顺利，简直是要风得风要雨得雨——更何况，她还有男友相伴。

那是一款温柔顾家的巨蟹男，宽容大度地包容她各种小毛病小缺点，P姑娘不管怎么作怎么惹事儿，身边都会有巨蟹男护着他。她无数次抱着他的脖子腻歪："怎么你是蟹呢？我才是！嘿嘿，我是一只寄居蟹，肉身活在你的灵魂里！"巨蟹男温柔地拍拍她的脑袋，满脸都是笑意。他有一双好看的凤眼，眼尾稍长，笑的时候格外沉醉，爱疯爱闹的P君总觉得，只要有这笑容，就足够照亮生活中的所有灰暗。甚至，只要有他在，生活里就根本不会有灰暗。

那会儿因为工作地点的关系，她在西三环，他在东三环，隔着大半个北京城，但是丝毫不影响甜蜜。巨蟹男如果不加班，会来看 P 君，带着她喜欢的各种零食。P 君总会一边嚷嚷着"我又长胖了啊"，一边拼命往嘴里塞好吃的。春天的草莓，夏天的麻辣烫，秋天的火腿月饼，冬天的糖炒栗子……变着花样跟随巨蟹男出现在大门口，P 君承认，是巨蟹男把她宠成了一个不会吃惊的孩子。

有个初夏的晚上，天已经很热，居然还停电了。P 姑娘天不怕地不怕，却怕黑。从窗子望出去小区里黑乎乎一片，偏偏合租的姑娘出去了。什么是孤单？一个人待着那不叫孤单，想念一个人才孤单，而那个人又到不了身边就更孤单。P 君缩在墙角儿可怜巴巴给巨蟹男发短信说："停电啊，不知道停到什么时候，一个人在家又热又饿，可怜死了。"短信发出去就看见手机电量显示咔嚓就少了一大截。要命！黑灯瞎火的晚上手机都不能用，男友又加班赶不过来，这要怎么过！没想到过了几秒，男友的短信就回过来："乖，别怕。等我，我去陪你。"

有这样一个短信，P 攥着手机在床上几乎蹦了起来，还不忘追问："真的吗真的吗？"

男友好脾气地回："看样子你也没吃晚饭吧，等我带过来。"

他是这么好，什么都不需要她担心，他给她最美好最深信不疑的安全感。她相信即使是全世界都停电即使她变成彻底的瞎子，她也愿意把手放在他的手心里，跟着他穿过车水马龙的马路。他是她的眼睛，是她最牢固的靠山。

巨蟹男说的是真的，他跨越大半个北京城来了。他到的时候还处于停电状态中，P君忙不迭就冲过去。黑咕隆咚的房间里，她仍旧看得见他眼眸中闪亮着盈盈爱意，似兄长，如父亲。

在他疼爱的目光里，P君风卷残云吃完了一大碗凉皮外加凉快甜点。她记得巨蟹男掏出一张纸巾帮她擦嘴角的芝麻酱，嗔怪一句："看你吃得像只小狗！"很多年后P君都觉得，如果能够一直躲在他怀里，做一只小狗又何妨。

吃饱喝足还没来电，P说怕黑，巨蟹男想了想："我给你做盏小灯！"

P君很不给面子地笑出声来："你是猪头吗？做盏灯没电管个啥用！"

巨蟹男不说话，只是笑，眼珠一转就开始变戏法。

他说："我给你做盏油灯不就好了？"

P君就觉得这男人以后肯定是个好爸爸，带小孩子一定在行啊！

巨蟹男的油灯做好了，一只小酒杯盛着卸妆油，卸妆棉捻成灯芯浸在"灯油"里，打火机一点，哗啦，屋子里出现一团橘红色的暖暖的光，硕大的光晕里罩着两个傻乎乎的人，两只影子投在墙上，P君哈哈拍手笑："你真有办法！"

巨蟹男就抿着嘴笑，就着灯芯上的一豆火光，点着一支烟。青烟袅袅，灯影绰绰，恍惚不明的光线里，P君近乎贪婪地看着巨蟹男。别人心爱的少年有好看的眉眼，她深爱的少年有最英俊的侧脸。那画面永远定格在那一秒，那一秒她深信不疑她爱他，爱到奋不顾身，爱到刻骨铭心，纵使油灯终究熄灭，香烟总要抽完，那一秒的爱就印在她深深的脑海里，永不苍老。

被巨蟹男宠成小傻子的 P 君并不知晓，幸福崩塌的速度超出她的认知范围，甚至毫无征兆。

那个冬天的某个周末中午，P 君和巨蟹男高高兴兴吃着饭，一边吃还一边眉飞色舞地谈论着吃饱了去哪儿打会儿台球顺便叫上那个谁谁谁。P 君叽叽呱呱地讲，巨蟹男还是像从前一样耐心听她说，等她说完了，吃饱了，要走的时候，巨蟹男终于说："我想跟你说件事。"

P 君几乎已经忘记了当时巨蟹男在陈述这件事时的细节。据说人的大脑里有一种自我保护机制，它会在人受到创伤之后自动开启这种机制，屏蔽这段记忆。这就是传说中的"选择性失忆"。P 君觉得自己就是开启了这种模式。所以她忘记了巨蟹男是怎样承认自己劈腿的，忘记了他陈述的种种理由和详细经过，她只是无奈地记住了那个结果：最爱她的巨蟹男劈腿了。

也许细节可以忘掉，但是那种五雷轰顶的感觉不会忘。P 君想不到，她最最在意的男人能给她这样致命的一刀。

巨蟹男说，她离不开我，我必须对她负责。

"对她负责。" P 君浑身筛糠一般，"就你这样的人也好意思说负责，谁对我负责呢？"

巨蟹男说："我知道你会生气，打我骂我都可以，这事儿就是我不对。"

以 P 君的火爆脾气，她势必扑上去揍他一顿咬他几口，可是她没有。她这一刀被刺得太深,好似丧失了所有元气,只顾着呆在那里,很希望这是一个愚人节的玩笑。可是愚人节早就过完了啊!

那天巨蟹男把失魂落魄的 P 君送回家里,极力说了很多安慰的话,临走时说:"我们在一起就像家人一样,以后你遇到什么困难,一定要来找我。"

除了爸爸妈妈,她 P 君可曾依赖过谁,可曾信赖过谁,可曾痴迷过谁。都没有。她把他当成血脉相通的家人,可以把一颗心完完全全地交给他,可以把后半生盲目地交给他。可他都不爱她了,还谈什么家人。

P 君独自在家里困兽般不停地走,合租室友回来看到她的样子吓得魂飞魄散,连问她怎么了。P 君只是摇头,一句话不说,一刻不停地走。房间很小,她不停地走,不停地走,一整晚高跟鞋都没脱下,任双腿走到肿还是不停地走。她想不明白,到底是为什么。

天快亮的时候,P 君突然想通了。凭什么我一个人在这儿伤心难过,他们恩恩爱爱?不行我得找他算账去,不能就这么算了!

P 君说到做到,噌噌噌就出了家门,跳上一辆出租车,直接打车就奔巨蟹男的住处。带着晚上哭花的妆和抓乱的头发,那样子一定很吓人,司机看她的眼神都不对,但是顾不了那么多,P 君的想法就一个:找他去!

疯狂砸门的时候还不到平时起床的点儿,巨蟹男穿着睡衣睡得迷迷糊糊问谁呀,打开门的时候就像撞见了鬼。一句"你怎么来了"还没问出口,P 君说了句"走开",一把推开他就进了门。

最初的地方 \ 167

P君拔腿就进房间,开摔!

这套餐具是我花了小半月工资买的啊,让你们用?摔!

这花瓶是我在宜家亲自挑的,让你们插花看?摔!

桌子上的烟灰缸是我送巨蟹男的生日礼物,还好意思用我送的烟灰缸?摔!

巨蟹男还没搞清楚状况,P君已经踩着高跟鞋迈着走了一晚而肿胀酸痛的双腿摇摇摆摆地在屋子里风卷残云地破坏了。能摔的都摔,能砸的都砸。

一转眼的工夫,屋子里已经狼藉一片。巨蟹男终于清醒过来要去拦她的时候,她正全力以赴对付卫生间的洗脸台,她恨不得把这个房子都拆掉,因为这个房子里有她的影子,有她留下的痕迹,有她曾经的爱意!

巨蟹男紧紧抱住P君喊着"你给我住手",P君歇斯底里连挣带踹。她就是要吵就是要闹,凭什么,所有的难过要她一个人消化?

巨蟹男费了好大的劲儿才把P君拉住,P君一夜没睡已经累到极限,刚才大闹了一场得到了宣泄出口,精神顿时崩溃,一脑袋扎进巨蟹男怀里号啕大哭。这一切都是做梦吧,他们那么相爱,怎么可能分手呢。一定是巨蟹男逗她呢,因为她生日快到了,他变着花样给她一个惊吓做礼物。要不,这一切怎么解释呢?

P君大哭一场,巨蟹男一直抱着她,那感觉真的像从前一样温暖而安全,她几乎要在他怀里睡过去。后来是巨蟹男拧了条热毛巾递给她,说:"擦把脸吧。"这句话把P君拉回了现实。

人在快乐的时候会忽略很多细节，直到坏事发生才会灵机一动把很多细枝末节串联在一起。P君红着眼睛看着曾经的爱人，那样陌生，那样心寒。巨蟹男递过热毛巾，开口说："你别生气好吗？以后，我们还是朋友。"

　　P君腾一下站起，铿锵有力地说："我这辈子没朋友也不会认你这个朋友。"

　　白天照常还是要上班，熟悉的办公室，熟悉的办公位，熟悉的同事，在P君心里全都变了形。或者说，她完全都没有心思看他们一眼。她对这个世界完全失去了兴趣，不想吃饭，不想睡觉，脾气沾火就着，一不小心看到什么话，听到什么音乐，泪珠子啪嗒一下就掉下来。P君失魂落魄，恨不得躲在自己的小格子间里不见任何人，可一不小心，又看到办公桌上的一个小盆栽、一个小摆件，抽屉里的一袋零食……这些都是他曾经为她准备的。

　　P君两点一线游荡在住所和公司之间，每一天都过得云里雾里。眼睛哭肿了，化妆盖不住，后来干脆戴墨镜。人倒是迅速消瘦下去，脸却惨白得没有血色。浑浑噩噩如同梦魇一般过了一阵子，就到了P君的生日。

　　几个好友已经知情，劝慰是没用的，只能开导。恰好到了生日，是个新的开始机会，大家约好了去KTV买醉。啤酒很好，蛋糕很香，大家吵吵嚷嚷好不快活，好像笑得大声些就没了悲伤。P君那晚喝了很多很多酒，还吃了很多蛋糕。后来大家才发觉不对，因为她吃得实在太多了。于是开始劝。P君的脸上沾了很多蛋糕，

最初的地方 \ 169

配着一双泪光潋滟的大眼和晕掉的睫毛膏，就像一只可怜的猫。

喝多了吃多了的 P 君开始借着酒疯哭闹："为什么？这是为什么？你给我说清楚！"

有个朋友实在看不下去了，给巨蟹男打了电话说："我们在 KTV 给 P 过生日呢。她喝多了，你还是来一趟吧。"

巨蟹男很快就赶到了。P 君正缩在沙发上抱着酒瓶子哭，看到他进来，一下子冲过去揪着他的衣服，哭得更伤心，脸上还有蛋糕的奶油，鼻涕一把泪一把哭得真像一个孩子。其实她一直是这样，毫不掩饰情绪，说哭就哭说笑就笑，但是巨蟹男真的是第一次看到她崩溃成这样，一时也慌了手脚。只好任由她揪着他的衣服哭，后来 P 君哭得开始呕吐把吃下去的大半个蛋糕都吐了出来。巨蟹男一边手忙脚乱地帮她擦脸，一边喊着她的小名说："别哭，乖，别哭。"P 君挣扎着站直身体，泣不成声问："到底为什么？你为什么把我整得这么惨？"

巨蟹男只是叹息："你这个样子，我没有办法跟你解释。""没有办法解释？"P 君哭笑不得，四下左右看，没管住火气，抄起酒瓶子照着巨蟹男的脑袋就淋了下来，"你再不用解释了！"

在场的所有人都吓蒙了，KTV 的服务生也吓得不轻。巨蟹男的头发湿透了，酒顺着他的脸淌到衣服上，他却站着没动。

P 君就再次失控，丢掉瓶子赶紧拿纸巾给他擦脸，哭着说："对不起。我道歉好不好，对不起。我说一千个一万个对不起。我不是故意要淋你的，我是，太难过了。"她说着就再次觉得恶心，恨不得要把胆汁呕出来。

巨蟹男却轻轻推开了她的手说："我说了，如果你愿意，我们还可以做朋友。"

"不，我不要。"P君无法接受，自己寄托了最美好的爱情期待的人，用这样的方式成为朋友。

"那就算了吧。"巨蟹男丢下这一句，离开了 KTV。

很久很久之后，萦绕在 P 君耳边的，都是巨蟹男这句话。她以为她找到一个可以天荒地老的人，她以为那个不辞辛苦穿越大半个北京城来给她送零食的人会陪她一生，她以为在停电漆黑一片的夜里点一盏小灯陪她度过黑暗的人能够给她永世光明，一切不过是，她以为。

那就算了吧。放开的手兀自停在冷风里，再也牵不回来。

用 P 君自己的话说："那个冬天过得特别艰难，一切欢乐的回忆都变成了苦难。"

很久之后，巨蟹男给 P 君打电话说，希望见个面，把话说清楚。

P 君同意了。

他们去的是以前经常一起去的台球厅。巨蟹男打得一手好台球，P 君就是因为这个才迷恋他，爱他打球时专注的神情，爱他赢了球也不动声色成熟稳重像个将军。

巨蟹男问她想不想打球，P 君没有客套，说："有话直说，不用客套，我们不是朋友。"倒也爽快。

巨蟹男只好直说："这么久了，希望你能释怀。"

P君只是冷笑，没有说话。

巨蟹男脸色有些挂不住，但还是好脾气地解释："一直以来，你都像个孩子，我爱你，可我感觉你只是把我当成兄长和父亲。我承认我有我的软弱，有些时候我也需要安慰。所以，希望你能原谅。"

P君听见自己心里的凉风呼呼刮过。原来，在他的心里，她不过是个孩子。

她念着他的名字，一句一顿说："我承认我有缺点，我脾气臭，我毛病多，我有一千个一万个招人讨厌的理由，可是我把自己完完全全透明地交给了你，你还想要什么？如果我不曾爱你，我不会迷失自己。"

巨蟹男无力还嘴，很老实地听着。他以为P君会再次生气或者发飙甚至大哭、打他，可是她没有。她出奇的冷静，点着他的名字对他讲："可能我要感谢你，要不是你给我上课，我会一直像个傻子一样把自己的未来交付在你手上。"

她以为她脾气不好他会嫌弃她，他没有。

她以为她抽烟喝酒玩摇滚爱泡吧他会不高兴，他没有。

她以为她任性无赖无理取闹他会失去耐心，他没有。

她以为这一切他都可以忍受他一定会与她白头偕老，可惜，他没有。

那是P君最后一次跟巨蟹男见面，后来断了联系，P君的QQ签名很长时间都是那句："那就算了吧。"

城里的月光

　　Q君家在西北,是个专门出美女和硬汉的地方,那里富饶美好,所以在Q君心中酝酿的很多都是富饶美好的故事。她想象着在西北那片美丽的土地上能够遇到真命天子,驾着七彩祥云把她娶进家门,她会做他贤良淑德的妻。

　　抱着这样美好的期待,她认识了天秤男。

　　Q君认识天秤男那会儿,他在学校早已小有名气。很他性格随和开朗,再加上足球场上灵巧的过人动作,赢得不少女生的好感。再加上天秤男写得一手好文章,贫嘴逗乐的本领一流,轻而易举赢得了女孩子的好感。可以说,很长时间内,Q君都没觉得自己可以跟天秤男发生什么。

　　天秤男在学校的摄影协会当干事,用普通的傻瓜相机就可以拍出很美丽的风景和人物。那会儿数码相机还没有像现在这么普及，都是胶片机，拎着一袋子胶卷去冲洗、放大，再找个类似图书馆展厅或者小礼堂门口等人多的场合把好看的照片一拉溜展览出来，实在是件很拉风的事儿。Q君就是先喜欢上了天秤男拍的照片，然后喜欢上他的才情，但是还不敢说喜欢上这个人。因为他的绯闻太多。据说他的两任女友都是他照片里的人。Q君见证过这两段爱情，都很美好，天秤男揽着不同款型的细腰在校园里走过的时候，总像一道风景。

  天秤男第二次失恋之后，几个朋友约着一起去喝酒，刚巧遇到Q君，就约了同去。那会儿Q君虽然算不上什么风云人物，却也是小有名气的。

  Q君第一次与天秤男吃饭喝酒，竟然是听他讲失恋的事儿，这多少有点儿滑稽。同去的其他人都是男生，站在男人的立场安慰他"不必为了一棵树失去整片森林"。Q君就有点儿气不过，忘记了此次喝酒的任务是安慰失恋的人，反倒数落起天秤男的不是。

  率真的Q君一针见血地说："说白了你就是博爱，看谁都好，都想保持暧昧关系。或者说，你谁都不爱，只爱你自己。只想着自己快活高兴，完全不考虑别人的感受。"

  天秤男没生气，反而挺高兴地说："你真是懂我。我就是觉得她们都挺好，每个人有每个人的好，我为什么就只能跟一个人好呢？我觉得吧，要是再找女友，除了漂亮养眼，还一定得找个内心很强大的，不腻腻歪歪的，不死缠烂打的。动不动就跟踪我或者查我手机或者干涉我私生活的，统统不行。"

Q君乐得一口酒喷出来："我怎么觉得你不像天秤座反而像双鱼座呢？"

天秤男不解："什么意思？"

Q君说："你太能幻想了！"

那次畅聊之后，Q君跟天秤男就成了哥们儿，接触频繁起来，总一起参加学生会活动什么的，时不时也会发短信逗闷子。Q君就对着手机哈哈大笑，不知道为什么自己会对这种对话很上瘾。室友提醒她正在掉进一个天秤男设计的温柔泥沼，Q君死活不认。

后面的一段时间里，天秤男沉迷写一部长篇小说，用他自己的话说，是为了悼念他的青春。每写一部分，他就发给Q君看。那会儿天秤男还没买自己的电脑，多半是叼着烟卷在烟雾缭绕的网吧写，写完就在QQ上发给Q君看。几乎没什么艺术加工，完全就是他自己真实经历的写照。Q君看得很上瘾，对他的童年、少年时代都有了个详细的了解，越发觉得这个家伙看起来油嘴滑舌其实心里很有爱。

所有人都羡慕他潇潇洒洒来去无牵挂的时候，Q君通过他那篇自传似的小说窥探到他心底的伤疤。天秤男在小说里写："没有人知道荆棘鸟的落脚地在哪里，因为它们最后会用鲜血埋葬爱情与尸骨。"

看到那句话之后Q君心里就有了一种说不清道不明的东西。

很多人说，爱是没有理由的，但是Q君觉得自己爱上天秤男有很多可以数得清的理由，比如他风趣幽默，比如他文采斐然，比如他是一个有故事的人……但是她也很清楚地知道不应该爱他的理由：他不是一个很专情的人，每个漂亮女生跟他贫嘴逗乐的时候他都不遗余力地回应。

但是，最终，Q君给了自己大胆一试的理由：他的那部小说，只有她一个人看过。虽然心里有如此一番欣赏，Q君还是没有表现得太露骨，肯定了天秤男小说的优点之后，又噼里啪啦说了很多缺点，而且都很客观，很诚恳。天秤男说："我就知道你慧眼独具，可以让我心服口服。"

一步步试探，一步步靠近，Q君终于承认自己喜欢上了天秤男。Q君果然是跟前面几任女友不同，她大度，她理智，她了解天秤男的内心，知道他是典型的把自由视为第一要义的人，所以尽量不去黏着他。况且在学校里，Q君有很多事情要做，她是一个相对独立的女生，所以他们俩的爱情虽然一开始不被人看好，却出人意料地修成了正果。大学毕业之后，Q君跟随天秤男去了他的故乡工作，然后他们结了婚，顺利得让其他朋友大跌眼镜。新婚誓词上天秤男说："没想到老天终究是派了一个能够降服我的女人来，给我足够的空间，却让我离不开她。"

Q君被这句话感动得落泪。

婚后的天秤男越发自在悠闲。他们小两口在天秤男的父母家不远处买了房子，时不时过去蹭饭吃，天秤男的妈妈也会时不时送好吃的到他们家。家务事都丢给母亲和媳妇打理，天秤男就像个潇洒的大孩子，每天去单位晃一晃，回家就是看电影、玩游戏、看书、写小说。他的工作单位不忙后来混熟了几乎就不怎么坐班。每天，天秤男到办公室露一面，然后就去花鸟市场看看花草，逗逗鱼虫。他们家里先后养过猫、狗、白老鼠、蜥蜴、蟒蛇……清洁等日常事务自然都是Q君来做，天秤男就负责把它们弄回家里，稀罕几天，新鲜劲儿过了就再去找新目标新宠物。他还参加了市里的摄影协会，动不动就拎着相机出门玩几天，跟几个驴友车友的去附近的山上林里拍些风景回来。

跟他的闲适相比较，Q君就劳累得多。在大企业里谋求自己的位置实属不易，虽说Q君不是那种事业型女强人，但是因为在学校里一直是优秀生，到了工作岗位上自然是不甘人后。况且，Q君离开故乡到了陌生城市，除了有老公、公婆，更希望结交新的朋友圈子，所以她工作起来就十分卖力。

在职场忙，回到家里还要忙，看到每天优哉游哉的天秤男，Q君开始有了怨言。

Q君觉得，虽然在二线城市生存压力不是很大，天秤男也不能二十几岁就过上退休养老的生活，至少应该奋斗一下，让自己的人生更多点儿可能性。天秤男就说："我的可能性还很多啊，在网上。"没错，天秤男那时已经不满足于让自己的小说只给Q君一个人看，他开始习惯网络连载。很快，天秤男受到很多女粉丝追捧，自从他留了QQ号在网页上，他的QQ就没消停过，白天黑夜都有消息进来。后来天秤男直接把QQ签名改成了"已婚身份，未婚心态"。

Q君再大度，也受不了这样被当作透明。她追问天秤男这句话什么意思，天秤男说："没什么意思，就是字面的意思。我不希望结婚之后就失去自由，你懂的。"

Q君就不明白了："那么请问，你还想拥有怎样的自由呢，你已经拥有了不上班的自由，拥有了不帮媳妇做家务的自由，拥有了跟女网友没时没晌地聊天的自由，下一步是不是还要拥有出去约会的自由？"

天秤男无奈叹气："你看看你，一结婚就变成事儿妈了。"

后来的日子就是两个人越发往两个极端滑去，Q君成为职场励志新榜样，家里家外一肩扛；天秤男悠闲得仿佛闲云野鹤。他们的合影看起来都很喜感，Q君穿的是套装高跟鞋精神抖擞，天秤男穿着大背心大裤衩趿拉着布鞋像个退休大爷。Q君看着照片自己也乐，大笑着对天秤男说："我怎么嫁了你这么个懒汉！"

天秤男自己也乐："一不小心成这样了，Q总从轻发落吧。"

两个人说说笑笑，闹起来就像一对兄弟。有时候Q君出去应酬喝酒喝高了，天秤男骑着摩托车呼啸过去送她去医院输液，嘴里叨念："哥们儿你不能少喝点儿？"医院的人看着这两个人像看怪物，死活不相信他们是夫妻。可真的是。

只是这对喜感的夫妻越过越觉得生活乏味没啥共同语言，天秤男希望家里的客厅摆个台球桌，Q君坚决不同意。Q君希望家里控制上网时间晚上两人多些时间一起看看电视电影，天秤男说那无聊至极。后来Q君终于受不了每天这样同床异梦，说："我们离婚吧。"

天秤男答应得很爽快,说:"离了咱还是好哥们儿,以后有啥需要我帮忙的尽管说!"

Q君无奈地笑:"你对以前的女友都这么说,所以一直纠缠不清。"

天秤男一直是笑呵呵:"反正你这么优秀,不愁找不到合适的。"

Q君说:"那倒是。不过你再想找我这么好的可就难了。你忘了结婚的时候你怎么说的,只有我可以降服你。我还真是愧对这句话了,我承认我没那道行。"

闲言碎语不多说,两人约了日子,去办离婚。

排队的过程一直有说有笑,不知道的还以为他俩是去办结婚呢。聊的是些七七八八的事儿,也怪,平时在家里没话,在民政局里倒聊得多了。

很快就轮到他俩,到里边,办事员问:"协议离婚?"

两人一起说:"对。"

"真的想好了?"

"想好啦……我俩关系铁,好聚好散。"

两人一直笑着,把结婚证交上去。 突然,Q君痛哭流涕。曾经在脑海里淡忘的很多事儿都记起来了。她想起大四那会儿他们一起去毕业旅行,跟旅游团去青海湖,在马场骑马,Q君的马惊了,拖着她和马上的一个小导游狂奔,差一点点就把她俩摔下来,后果不堪设想。后来她才知道,出事的时候天秤男一直骑着马在一边追着,虽然帮不上忙,可是他真就豁出命去想找机会去拦那匹惊了的马。她从马背上跌落下来的瞬间,天秤男就冲到了她身边狠狠抱住她一边哭一边说:"都是我不好,去哪儿不行非得来这种烂地儿。你要是出了事我可怎么办!"那一刻Q君的心怦怦跳个不停,谁不怕死呢,可是有天秤男的怀抱,有他的眼泪,她竟然渐渐地想,死了的话他会一直记着我想着我吧,那也很幸福呢。那时她多爱他。

手里捧着离婚证的Q君就这么一路想下去,思路想停却停不了,她回想起有一次他们去水库露营,半夜同伴儿都在帐篷里睡觉,就天秤男不睡,说要看星星看萤火虫。Q君先是埋怨他,但是一抬头就看见了漫天的星光。郊外的星星密密麻麻缀在蓝黑蓝黑的天幕上,像无数破碎的钻石,从小生活在城市的Q君惊叹得说不出话来。一低头,看到天秤男手里捧着宝贝似的凑过来,把手心小心翼翼地递到她跟前,说:"你看。"一只萤火虫在他手心里燃着细小的光亮,她激动得大气都不敢出了,生怕把那一星微弱的美好给惊跑了。

那些美好的时光,注定都成为回忆了。以后她会有新的丈夫,有新的家庭,但是郊外的星光和萤火虫,不再有。

Q君哭个没完,天秤男原本想逗她:"这可不像Q总你的作风!"可是话一出口也觉得不好笑了,就在民政局的院儿里陪着她哭。直到她哭累了,不哭了,才牵起她的手说:"走,回家吧,你一天不想搬走,那儿就是你的家。是咱们的家。"

Q君被他说得破涕为笑:"我说,我终于明白你为啥跟几个前女友都保持良好的朋友关系了。我发现你总是对疏远的人很好,对亲近的人怠慢。换句话说,你的好心肠总是留给别人。"

天秤男一边发动车子,一边帮她扣好安全带,说:"你说得对。"就不再说别的。

对于离婚之后的生活,Q君没有具体的打算,但是她跟单位请了长假,说是要回老家住一段时间。去老家之前的几天,她依旧在原来的房子里住着。天秤男的妈妈老泪掉了无数,终究不再规劝。天秤男和Q君就像男女同宿舍的两个人,彬彬有礼,有说有笑,不知道的还以为他们没离婚,更亲密了。

Q君把所有的东西都规整好,等着从老家回来后租房子搬走。后来Q君回忆那段时间,说:"那真是个很奇特的体验,他像一个熟悉的人,又像是一个陌生的人,他好像比平时更努力地取悦我,我也比平时更努力地迎合他。"而天秤男则回忆:"Q总那时候哭得跟小姑娘似的!"

到底谁说的是真相,天知道。

后来Q君就回了西北老家休假,休了好长时间。天秤男经常打电话给她,嘘寒问暖,无微不至。Q君打算回西北定居,所以顺便联系新单位什么的。天秤男听说之后在电话里犹豫了一下,哦了一声,说:"那也行,离爸妈近点儿,省得他们担心你,也省得我担心你。"

Q君笑问:"你担心我吗?"

天秤男说:"担心啊。你吧,太愣,做事儿横冲直撞总是意气用事,不动脑子。在学校这样还没啥,到了工作岗位上,容易树敌。而且你太逞强,啥事儿都拼了命来干,不管不顾往前冲。就拿喝酒这种事儿来说,你说你有必要跟一桌子大老爷们儿拼吗?"

Q 君就有点儿哽咽:"那你怎么不拦着我呢?"

"我不敢说你呀,说你你就急,不听劝,好像我拦着你升官发财似的。现在咱俩离了,反正你已经很恨我了,我也不怕你多恨一点儿,就直接告诉你,这么下去对你没好处。我嘴贱,你知道,爱听不爱听的,多包涵吧。"

Q 君使劲在电话那头忍着眼泪说:"你就是嘴贱,以后没我在你身边唠叨了,你就自由了。"Q 君眼角带着泪笑,这个贫嘴的,她已经开始想念。

Q 君决定斩断对天秤男的最后的念想,向原来的单位递交了辞职信,办好离职手续之后又回到老家,准备休养生息之后开始新生活。但是,她发现自己怀孕了。

刚刚发现真相的 Q 君有些慌神,但是她很快冷静下来,决定向天秤男摊牌。她觉得他有权利知道这件事,在这一点上她不能太自私。

天秤男在电话里听到这个消息自然惊了一下。

Q 君问:"你有什么想法?"

"能有什么想法啊,生呗!"

"你确定吗?"Q 君追问。

"只要你愿意生,我就愿意养。咱俩复婚,我一定会好好当爸爸。"

Q君在感动之余又犹豫了。如果复婚的原因仅仅是孩子,她不会同意的。

下定决心的那天,Q君很正式地给天秤男打了个电话,说:"我做决定了。"

天秤男说:"我大概猜得到你的决定。Q总你是很理智的人,无论你怎样决定,我都支持。"

Q君说:"我会复婚,但是孩子生下来我们离婚。就像我说过的,做朋友的时候我们好像关系更亲密,做了夫妻反而生疏了。要一个无话不谈的好友还是一个同床异梦的丈夫,这个选择不难。"

天秤男想了想,说:"既然你这么说了,我也没什么意见。我只是觉得,你说我热心肠给了别人,有失公平。我对别人好,对别人客气,因为他们是'别人',以礼相待,这是我的处事原则。也许我对你不够细心,让你觉得被怠慢了,因为我觉得你是家人,熟不拘礼,我没有必要每天那样小心伺候。再说,你是挺强大的人,我常常觉得你不需要我。但是你要知道,只要你需要,只要你向我开口,我就会在你身后。"

现在,Q君和天秤男的儿子已经能吃烧烤能满地跑,他妈妈出差的时候会监督爸爸不要随便跟人搭讪。那样子简直跟他爸一个模子抠出来的。天秤男每天最重要的生活环节就是在朋友圈里晒他儿子新冒出来的惊人之语。

　　Q君还像从前一样，是正能量满溢的职场女战士。天秤男也像从前一样，养花逗鸟，玩游戏打台球收藏各种材质的手串。他们是截然不同的两种人，却和谐无比。Q君较真，认定夫妻就应该亲密无间。天秤男死守私人空间，认定即使是夫妻也应该保持距离。但是他们有一点共识：对朋友要好。既然如此，彼此就相待为挚友。晚上孩子睡了，偶尔两个人还能切个小菜对酌几杯，就像曾经共患难的好兄弟。而他们再也没有提过离婚。

　　我曾偷偷问Q君："万一有一天，这种平衡打破了怎么办？"
　　Q君想了想，没有正面回答我，而是说："年轻的时候对爱情有特别多的幻想，要浪漫要温存还要热烈要胶着，即使吵架也要个天翻地覆。但是到了这个岁数，突然就觉得，最好的爱情也许就是简简单单的陪伴，一杯红茶，几句实话，要是再有个月亮或者海棠就更好了。"

且行且珍惜

当 R 君笑嘻嘻来找我告别的时候,我以为她在说笑话。她是个太不按常理出牌的人,所以她说出什么奇奇怪怪的事情来我都觉得很正常。但是,当她笑嘻嘻地告诉我"我被勒令退学了"的时候,我还是惊着了。这可不是小事啊!

那会儿马上就毕业了,我们都替她不值。知道于事无补,R 君反倒豁达起来,一边照着化妆镜描眉画鬓一边说:"怕什么,不就是少个文凭么,姐有的是本事,还能饿死不成!"说罢又笑,"只要有我男人陪着,什么我都不怕!"

说到这里,要介绍一下 R 君的男友——双鱼男了。

让 R 君有情饮水饱的这位男友是双鱼座,我们姑且称之为双鱼男。

他爱喝酒,这不奇怪,男生看球时来扎啤酒一碟花生米,或者三五好友小聚弄瓶小二一醉方休,这都正常。但是双鱼男喜欢独自喝酒。他称之为"饮酒"。饮酒的时候喜欢慢慢细品,同时还要写首小诗。要是像苏轼一样写出个千古流芳的"且将新火试新茶,诗酒趁年华"什么的也倒好,他写的是朦胧诗,看孩子在麦田奔跑,或是日光下飘浮着晶莹的气泡之类。我们粗人都不太懂,但是觉得他自己在那意境中很沉醉。

双鱼男是学美术的,画了几年油画,后来大学的时候转行做了设计。虽说专业偏理性,但是油画师骨子里的气质并没有脱去。除了喝酒作诗,也还作画,据R君透露说他当初爱上她就是因为请她做了模特画了一幅肖像画,而她正是在当模特时爱上了他专注作画的样子,微微皱着眉,紧紧抿着嘴,很专注很迷人,大千世界仿佛丝毫不能使他染尘。

R君和双鱼男双双离开学校,开始北漂生涯。当然这个过程并不顺利,因为R君的爸爸妈妈极力要求她回老家,而双鱼男的父母也觉得被开除已经很丢人了,再无业游民一样在北京晃荡很有辱门楣。但是R君又开始耍无赖不按常理出牌,对双方的家长说:"我俩闹成这样没脸回老家,难不成亲戚朋友的问起来就告诉人家我俩被赶出校门?回家之后怎么可能找得到好工作,怎么可能再去相亲?我俩共同经历了这样的风雨,以后不管出现什么样的状况,都要在一起。"双方父母都被这妞的伶牙俐齿震慑住,也只得随他们去。

北漂的日子不好过,租房要钱,吃饭要钱,求职等等都需要开销。要命的是他们两个没有正规院校的毕业证，文凭上先失了分，R君生得一张巧嘴和漂亮脸蛋，可惜稍好一些的公司都不只看这个，都需要她的各种学历学位证明。四处碰壁，家里给的钱也差不多花完了，R君狠心咬牙，决定降低求职的要求，去小型民营企业试试。从谋生的角度看，这是对的，因为她很快就应聘上了一家公司的总经理秘书，而且对于一个没有工作经验的新人来说报酬不错。

双鱼男就没有那么幸运了，他擅长的是平面设计，几乎所有公司都要求本科毕业生，除非条件特别优秀的才能放宽学历。双鱼男固然优秀，可是他无法证明。一次次被拒绝之后，双鱼座多愁善感的天性发作，哀叹取代了热情，忧伤取代了野心，自卑取代了自信。

小秘书R君很快熟悉了岗位，从一个傻乎乎只知道谈恋爱的学生妹过渡到职场人。她只是照猫画虎看别的女员工是怎样说话做事的，并且注意吸取另一个老秘书传授的经验，所以进步很快。无论是穿衣打扮还是言谈举止上，R君都变化不少，但是她自己并没有特别的想法，觉得这只是对职场生活的一种适应。球鞋仔裤T恤固然舒服，但是不能穿成这样站在总经理身边呀。别说去办公室了，就是踏进写字楼的大门，脏兮兮的球鞋踩在洁净的大理石地面上，自己都不好意思。

R君是这样想的，双鱼男却不是。在他的眼中，R君变成了另外一个人。她每天早上不再跟他赖床，而是听到闹铃就飞快跳起来梳洗打扮上班去。她也不再拉着他到处找好吃的，每天动不动就跟老板出去应酬很晚才回家，一身烟气酒气。双鱼男说："这份工作你别做了吧，换一份不用加班的。"R君说："哪儿有不加班的工作呀，老板愿意带着我说明重视我，别人想跟着还没那个机会呢！"双鱼男就冷着脸来了一句："贱！"

R君怀疑自己听错了。这个字从他嘴里说出来，用在她身上，活像一柄利刃戳进她的心脏。那个曾经温柔地为她画像、把她称之为快乐天使的人，竟然这样说她。她这么辛苦还不是为了挣钱养活两个人？他屡次面试不成功，后来干脆连求职都放弃了，成天闷在租来的房子里玩游戏，连饭菜都不做一下，偶尔煮个方便面都不刷锅洗碗。他这么自甘堕落，有什么资格指责她？

R君伤心地哭，双鱼男马上道歉："都是我不好，乖，别哭了，你打我好不好？"

R君就那么不争气，被他几句甜言蜜语哄笑。

双鱼男的工作一直没落实，每天宅在家里，后来连简历都懒得再发一份出去。其间R君想到一个苟且的办法——介绍他去她的公司上班。当时办公室缺个文员，没有太高的要求，就希望能够熟练操作Word、Excel表格，要是能够做个PPT再PS弄个图什么的就太好了。R君立马就跟招聘主管推荐了自己的男友。说起来那时候的R君真的是一等一的没头脑、傻高兴。她光想着这是一个太简单不过的工作机会，双鱼男完全能够胜任，而且公司也百分百愿意用他。但是她忽略了双鱼男那颗敏感脆弱的玻璃心和眼高手低的劣根性。他说："你疯了吧，让我去当文员？去办公室打杂？还给你打下手？让全公司的人都看我笑话？"

R君被他一连串的问题问得哑口无言，还不断哄他说："你想到哪儿去啦，这不是一个挺好的机会嘛！咱俩整天在一起工作多好啊。你在家打游戏也是闲着，去上班有钱拿，工作又不累，就帮着弄弄文件什么的。你又会做PPT又懂PS，要是能够帮着老板把宣传页什么的弄得很好看，老板还不爱死你呀？！"

双鱼男眼皮一翻："我用得着他爱我吗？不去！你别瞎操心！"R君很委屈，说着说着哭起来："这怎么是瞎操心呢？日子是两个人过呀，难道我不是在为咱俩着想吗？"

双鱼男有一点好处：心软。刚才还义正词严，转脸看到女友哭起来，心都软成天鹅绒了，立马开劝："别哭了，我就随口那么一说，我知道你是为我好。但是我不适合做这个，我会憋闷死的。再给我点时间，我能找到更好的工作，能挣很多钱！"

R君立马破涕为笑。倒不是因为她虚荣，想要什么物质上的东西，而是她真的爱双鱼男。

就在R君破茧成蝶即将成长为职场小白领的时候，R君的妈妈给她打了个电话，聊了很久很久，大意是说："孩子，爸妈想让你回家念个成人大学啥的。你爸爸给你准备好了学费。"

缺心眼的R君第一次有了"被迫长大"的压力。她开始意识到自己和双鱼男走上了一个严重威胁到关系的岔路口，如果走得好，他们可以共赴康庄大道；如果走不好，很可能各走各的独木桥。

预感这种事儿从来都是好的不灵坏的灵，R君惴惴不安了好多天，才鼓足勇气跟双鱼男坦白这件事。

双鱼男说："这是好事儿啊，你一定要去！"脸上挂着笑。

R君兴奋得抓住他的胳膊摇晃："真的？你真的这么觉得？"

双鱼男说："当然是真的呀。回去上学多好，拿到本科文凭，找到更好的工作，再让你爸妈帮你找个更好的老公，一辈子就不愁了。"阴阳怪气开始。

R君小心翼翼："你别这么说啊，我们当然要在一起。"

双鱼男哼笑一声，不说话。R君觉得头疼，不晓得要怎么跟这个愤青解释，只好软磨硬泡，还拿出了哭鼻子的杀手锏。可惜，不管用。双鱼男依旧是好言安慰她："乖乖回去读书吧，你有你的好前程，我不能耽误你。"

R君擦擦眼泪看着他，这个曾经让自己心驰神往的少年，在漂泊的日子里瘦了很多，邋遢了很多，颓废了很多。她不禁悲从中来，胸腔里酝酿出一个浪漫而伟大的想法，毫不犹豫地说："如果你不去，我也不去。我哪儿都不去。没有文凭我现在不也是有份好工作吗。再说，以后机会多的是。"

R君的父母听到这样的消息之后不亚于晴天霹雳——不对，女儿被退学的时候已经是晴天霹雳了，这次是世界末日。R君的父母连夜就坐飞机赶到了北京，死活要把女儿带走。R君拿出撒泼耍赖的本事，口口声声喊什么"信不信我死给你们看"。

很多年后，R君想到那一出忍不住哈哈大笑："我那时候怎么可以蠢成那个样子，不要文凭，不要父母，不要自己，不要自尊和脸面，却好意思要爱情。爱情是什么，是宽容，是鼓励，是互相陪伴与爱慕。我什么都没得到，却叫嚣着要用爱情赌明天，没文化真可怕呀。"

伤透了心的 R 君父母拗不过她，终究是回老家去了。R 君当真放弃了读书的机会，继续在小民企里面做秘书。那会儿我们几个联系比较多的朋友，多半读了研究生，少数几个有了工作，去向都不错。R 君即便大条，聊天的时候也有敏感的时候。我们免不了替她惋惜，怪她太任性太胡闹。R 君倔犟地顶嘴，咬定以后有的是机会读书，现在时机不对。

后面的日子里，R 君继续上班，双鱼男继续蛰伏。他有过两次短暂的工作经历，一个历时半月，在办公室大骂领导拂袖而去，连工资都清高得没要；另一次历时一个半月，他说工作一点儿意义都没有，完全是在机械化地制作，不符合他的梦想。

R 君看着越来越颓废的双鱼男，总会想到当初他们陷入恋爱的日子，他那么有光彩，画画那样漂亮，整个人都精神抖擞。她不知道怎样挽救眼前的他，不知道怎样挽救这样一段连自己都越来越没信心的爱情。

转过年来的春天，R 君公司组织一部分中层旅游，去丽江，还可以带一位"家属"。R 君虽然算不上"中层"，但是因为老板喜欢她，就特批了她一个名额。R 君兴奋得差点儿没昏过去，瞬间就给双鱼男发短信，通报了这个好消息。双鱼男淡淡地回短信："嗯，好。" R 君忍不住激动的心情，抽空跑去公司洗手间给他打电话:"丽江呀,公司福利呀!哈哈哈哈,成天看他们在校友录上显摆旅游,想不到小公司也有这么好的机会!"双鱼男哼笑了一声说:"你们公司所有人都去吗?"

R君没有听出异样,只顾着高兴:"当然不能啊,哪能全公司都去。我们老板精打细算呢,只有八个人,每个人带一个家属,那就是十六个。我是特批的!"

双鱼男问:"为什么他偏偏给你特批呢?"

R君这才听出话头不对,心情灰暗了很多:"因为我是他秘书呀。而且我都工作满一年了,没请过假,没有迟到早退,还给了他不少合理化建议。他说这是奖励我的。"

双鱼男呵呵一笑:"你们老板还真有一套。"

R君越来越不舒服,问道:"你有话直说,别阴阳怪气。我只是单纯把这当成一件好事,我们都没有一起出去旅游过,这次能免费去,不是很好吗?"

双鱼男说:"是很好。我媳妇有本事儿,能带我出去旅游,我高兴。"

简单说,双鱼男怀疑R君和老板关系不一般。R君一向是个磊落的姑娘,但她知道双鱼男敏感多疑,尽量避免外出应酬时喝酒。实在推脱不掉的时候,拿出拼命的架势来狠灌自己几口,在座的也就不好多勉强。老板也是看中她对男友特好这一点,对她多几分偏爱。没想到这样换来的一份"特批"被双鱼男想得那么龌龊。R君挂断电话竟然没忍住,在洗手间掉了几滴眼泪,但是她很快就整理好了情绪并且整理好了妆容。

后来，双鱼男的浑蛋劲儿过去，还是高高兴兴跟着 R 君公司的旅行团去丽江了。毕竟是出去玩，他俩还是开心的。R 君甚至在为数不多的存款中取出了一笔做专门的经费，她觉得穷家富路，虽然是免费出去玩有吃有住，还是应该买点儿好吃的好玩的，让双鱼男高高兴兴的。这个傻姑娘，直到那个时候，心里想的还是让双鱼男高高兴兴的。

双鱼男是真的挺高兴的，在家闷了那么久身体都要发霉了，而且在北京待久了的人到了外地，心里的烦躁很容易就被清除了。他们第一站到昆明，双鱼男和 R 君亲亲密密一起东逛西逛，买这买那。玩到兴起的时候，双鱼男还随手在餐巾纸上用中性笔给 R 君画了幅简笔画，画的是她扎着马尾辫傻笑的样子，R 君高兴得像小孩子，举着画像跟同事炫耀："看这是我男友画的哦，几笔就画好了哦！"羡煞公司其他同事。虽说都可以带家属，但是那些中层一半结婚了，有两个没结婚的大龄女，还有两个没结婚的老帅哥，浪费了自己的"家属"名额。算起来只有双鱼男和 R 君是"情侣"身份，格外让人羡慕。其中一个老帅哥就逗 R 君："那谁呀，平时就听你把男朋友挂嘴边，我还想着什么时候把你抢过来呢，看这架势，我是没机会啦！"R 君只当玩笑，毫不介意。双鱼男却把这话记在了心上。

后来他们在昆明转机飞去丽江。安排好住宿之后已经是晚上。R 君急着换衣服换包出去逛晚上的四方街，一不小心把双鱼男画的那幅画洒上了水。餐巾纸顿时湿了一大片，中性笔的简笔画模糊成一团。R 君尖叫一声想抢救，却来不及了。她太了解双鱼男的小性子脾气，生怕他多愁善感地多想，赶紧央求说："你再给我画一个嘛！"双鱼男淡淡地笑说："一张破餐巾纸，别想那么多。"R 君继续撒娇："我就是喜欢，就想要，你必须再给我画一个！"双鱼男说："以后给你画吧，先出去玩。"

那晚上大家都玩得很高兴，R 君在酒吧多喝了几杯，吵着让双鱼男背回去。双鱼男让她跟几个同事及家属先回酒店，自己再喝几杯。

R 君迷迷糊糊回到酒店，看到桌子上那团皱巴巴的纸，觉得这件事没啥大不了，趁着酒劲儿就把纸丢进垃圾桶，然后去洗漱。

说起来，北漂这一年的时间，她和双鱼男一直在跟别人合租。三居室住着五个人，两对情侣一个单身汉，拥挤程度可想而知。可以说，除了过年回家的时候洗了个痛快的热水澡，R 君连舒舒服服洗澡的享受都没有。她很有点儿怜惜自己了。这次，托了公司的福，能出来玩，还能住酒店，还能在浴缸里泡澡，还有泡泡浴液。R 君高兴得不能自已，恨不得拿浴缸当泳池在里面游它个来回。

洗得正热闹的 R 君恍惚听见房间里有动静，她以为是双鱼男回来了，就扯着脖子喊："亲爱的，好好玩好舒服！"喊了几声，无人应答，R 君出了浴缸随便拉过一条浴巾往身上一裹就开门出去，却看到一个让她魂飞魄散的情景。

床边站着一个人，个子很高，脸庞很帅，手持一束鲜花，略显局促地站在那里。却不是双鱼男，而是公司里那位开玩笑说要追求她的男同事。R 君瞬间忘记了自己还湿淋淋的身上隐约还有沐浴液泡沫只胡乱裹了条浴巾,而是大叫着:"你怎么进来的?"

男同事也有点儿难堪,想看她,又不敢看她,迟疑了几秒,把手里的花送到 R 君面前说:"是他给我的钥匙,他跟我换房间了。"R 君突然意识到自己衣冠不整,尖叫一声跑回浴室。进去了又想起自己的衣服都丢在了房间,只好胡乱擦干身体用两条浴巾把自己裹紧,冲出来胡乱抓起衣服又冲回去,穿戴整齐才气喘吁吁地回来。

她追问男同事,到底是怎么回事。男同事起初不愿说,只是不停表明真心,不断把那束花往 R 君身上推,不停说"我是真心喜欢你,你离开那个男人吧"。

R 君最后哭了,男同事有点儿手足无措,才前言不搭后语地解释。R 君先回酒店之后,双鱼男拉他喝酒,问他是不是真的喜欢 R 君。男同事也有点儿高了,说话不过脑子,就说:"是,我确实挺喜欢她,小姑娘聪明伶俐,在公司很耀眼。"双鱼男说:"那你就追她吧。其实我俩已经分手了。她跟我一直过苦日子,我不想熬了,已经说服她分手了。这次我俩是分手旅行,别看表面挺亲密,其实是回光返照,心里都苦着呢。我无所谓,她很需要安慰。你这会儿去照顾她,对她好点儿,肯定就成了。"男同事当然不信,后来双鱼男说了很多杂七乱八的事儿,证明他自己配不上 R 君。男同事酒劲儿上头,也有点儿失去理智,决定顺坡下驴,应下这桩美事。就这样,他跟双鱼男去前台取了房间钥匙,两人换了房间。

看着哭成泪人的 R 君，男同事酒醒了一半，知道自己犯大错了，不知道怎么劝。而后来的很多细节 R 君都忘了。她只记得她离开得很果断，连夜，拎着行李箱，打车奔机场。她决定以最快的速度离开双鱼男，离开这段危险的关系。如果他颓废，她愿意拯救他。如果他失意，她愿意鼓励他。如果他困窘，她愿意补贴他。可是，如果他把她拱手相让，她凭什么陪他一起疯？

双鱼男和公司男同事都追了去，但是已经追不回 R 君的心。这件荒唐事掀起的尘嚣久久不散，却让 R 君蒙尘已久的上进心苏醒了。如果还年轻，她可以做一个傻子，不闻不问地让所谓的爱情掌控自己的一切。可是她不年轻了，不可以再拿无知当借口，浪费一个又一个有去无回的日夜，挥霍用完就不再有的热情。她不怕此刻艰难，不怕此刻蒙羞，但她怕将来回首往事的时候瞧不起今天的自己，狠狠抽自己的耳光。

R 君下定了决心要分手，第一步就是辞了工作，回老家。双鱼男却摆出了忧伤的姿态，不是在 QQ 上感叹好梦易醒，就是在博客里低吟忧伤。他不道歉，他等着 R 君回去跟他复合，他等着他的软弱唤起 R 君再一次的义无反顾……幸好 R 君长大了，她知道不能被男人利用弱点。她删掉他 QQ，屏蔽他一切消息，删了他的手机号码甚至强迫自己不许用手机。她简直就像卧薪尝胆的勾践，每天早上醒来都要问自己："你忘了曾经受到的羞辱吗？" R 君几乎不敢回忆那段日子，因为每回忆一遍都像是撕开一道疤，她不是怕疼，而是讨厌看见那丑陋的样子。

她死里逃生，深感对于一个甘愿陷入泥沼的人来说千万不要伸手去拉他，而是要果断地将他踹走，那不是见死不救，而是自知之明，因为你救不了他，还会为他赔上性命。

后来几乎没有双鱼男的消息，最后一次听同学提起，说他混得还不错，也许是某天良心发现知道自己当年做了混账糊涂事于是洗心革面。

后记
青春荒唐，我不负你

跟编辑说要为这本书写一个后记，有严重的私心作祟，因为有很多想说的还没来得及在稿子里表达。

最初并没有想过这一系列故事能够出书。我曾经写过一本长篇小说《我想你，前任》，讲的是三个女孩子跟前男友重逢的故事。小说写完了，觉得很不过瘾。因为那毕竟是小说，有很多想象和杜撰在里面，为了情节设定的需要，要做很多加工。真实的生活远远比小说更生动、丰富，我为什么不能非常写实地写些故事呢？动了这个念头，我便开始行动，在豆瓣小组写了"我的女朋友们的前任们"这个帖子。

帖子断断续续写了小半年，在这期间，有些姑娘看着帖子走出了失恋的阴影，有些姑娘收获了新的爱情，甚至有些姑娘升级做了妈妈，一边坐月子一边看帖子。最初连载的时候，很多朋友都说"瓜子已买"，准备看八卦，但是看着看着大家都哭了。越来越多的人跟我说:"掉眼泪了,想到了自己。""看得很难过,想起当初自己做的傻事。"有些人还给我写了邮件,讲述自己和前女友、前男友的故事。

大家看得过瘾,我写得也是荡气回肠。每写一段,旧人旧事就历历在目,呼啸而过的青春就在耳边驰骋。当时我们多傻,以为爱情是全世界,失去了爱情就魂不附体、痛不欲生,可是后来才明晓,没有什么是治愈不了的,时间是最好的金疮药。故事里的K君曾带给大家不小震撼,都说她是一个事业爱情双丰收的励志典范。我把这个故事给K君本人看,她笑说:"看着你写的故事,我都被自己感动了,看来我们都比想象中的强悍,只要咬牙坚持,没有过不去的火焰山。"

是啊,没有过不去的火焰山,时间面前,我们唯一不需要的就是娇惯自己。命运很公平,给你一段刻骨铭心的爱情,就会给你刻骨铭心的痛——都刻骨了,都铭心了,能不痛吗?好在我们都有化痛为力量的能力,跌倒了爬起来,看着流血的伤口都像一朵精神抖擞的花儿。正是因为经历过,失败过,你才懂得如何珍惜真心待你的人。把命运丢给你的那张烂牌丢出去,自然能够赢来属于你的红心A。

感谢重庆出版社,感谢策划这本书的高堰阳、俞凌娣,能够帮我把这个不太成熟的系列故事出版成书,让更多人有机会看到。这是我青春时光的证据,也有很多人的影子。感谢豆瓣小组的瓷娃娃、妖儿、茜茜等友邻,以及冷兔直播的易水寒,是你们的支持让我有勇气把这些故事一个个讲完。也要感谢小佳在遥远的大洋彼岸关注我的故事，并把它们录制成有声杂志。

当然，最要感谢的是笔下的 ABCDE 们，我们携手走过最美好的青春，一起疯过闹过哭过笑过。不管过去有过多少伤心，如今想来都可化作含泪微笑。即使错过痛过，那也是青春留给我们的最好礼物。